U0095139

L' ASTROFISICA MODERNA

ALLE FRONTIERE
DEL COSMO

现代天体物理学

L'ASTROFISICA MODERNA

[意] 詹卢卡·兰齐尼 —— 主编

[意] 马西米利亚诺·拉扎诺 —— 著

李晓东 —— 译

SPM
南方传媒

广东人民出版社
·广州·

图书在版编目（CIP）数据

现代天体物理学 /（意）马西米利亚诺·拉扎诺著；李晓东译. —
广州：广东人民出版社，2023.9

ISBN 978-7-218-16509-7

Ⅰ.①现⋯　Ⅱ.①马⋯②李⋯　Ⅲ.①天体物理学—儿童读物　Ⅳ.①P14-49

中国国家版本馆CIP数据核字（2023）第057004号

WS White Star Publishers® is a registered trademark property of White Star s.r.l.
2020 White Star s.r.l.
Piazzale Luigi Cadorna, 6
20123 Milan, Italy
www.whitestar.it
本书中文简体版专有版权经由中华版权代理有限公司授予北京创美时代国际文化传播有
限公司。

XIANDAI TIANTI WULIXUE
现代天体物理学

［意］马西米利亚诺·拉扎诺　著　李晓东　译　　　　版权所有　翻印必究

出　版　人：肖风华

责任编辑：王庆芳　方楚君　杨言妮
责任技编：吴彦斌　周星奎
特约编审：单蕾蕾

出版发行：广东人民出版社
地　　址：广州市越秀区大沙头四马路10号（邮政编码：510199）
电　　话：（020）85716809（总编室）
传　　真：（020）83289585
网　　址：http://www.gdpph.com
印　　刷：北京中科印刷有限公司
开　　本：889毫米×1194毫米　　1/16
印　　张：10　　字　数：224千
版　　次：2023年9月第1版
印　　次：2023年9月第1次印刷
定　　价：79.00元

如发现印装质量问题，影响阅读，请与出版社（020-85716849）联系调换。
售书热线：（020）85716864

目录

质疑孕育新知

卢卡·佩里

13 亿年前，有一个黑洞。

这是一个密集庞大的天体，可以毫无例外地吸收吞噬一切，包括光在内的任何事物都无法从中逃脱。尽管这个黑洞不算小，但也不是特别大，它的质量相当于太阳的 36 倍。一天，这个黑洞遇到了另一个和它类似的黑洞，其质量相当于太阳的 29 倍。经过漫长而曲折的相互拉扯后，两个黑洞融为一体，形成了一个崭新的实体：一个相当于 62 个太阳质量的旋转黑洞。

然而，你们中最细心的人可能会注意到 29 加 36 应该等于 65，而不是 62。

显而易见少了 3 个太阳质量。我们并不是想要进行精确的计算，但知道事实上相当于 6×10^{30}kg 的重量的最终去向，应该会十分有趣。

实际上，这些重量根本没有凭空消失，而是在不到一秒的时间内，转化成了其他的事物。

你们想象一个池塘，如果朝里面扔一块石头，水面便会形成向外扩展的同心圆波纹。如果你们现在把时空想象成那个池塘的表面，当两个黑洞像石头一样融合时，就会产生所谓的引力波，并以光的速度扩展开来，使时空结构和沉浸其中的一切发生形变。这个过程表面上十分简单，但其峰值的能量是可见宇宙中所有恒星（所释放）的 50 倍。

那么，产生这些引力波所需的所有能量从何而来呢？

正如我告诉你的，那 3 个太阳质量并没有消失。

安托万 - 洛朗 · 德 · 拉瓦锡说过，"质量既不会被创生，也不会被消灭，而只会从一种物质转变为另一种物质"。

曾几何时，一个多世纪以前，有这么一个有各种社会"障碍"，但外表却十分招人喜欢的男人。他聪明绝顶，对物理非常感兴趣。

他叫阿尔伯特 · 爱因斯坦。

在 1905 年 3 月到 12 月的 10 个月里，年仅 26 岁的阿尔伯特可能在妻子米列娃 · 马里奇的帮助下，颠覆了现代物理学。3 月中旬，他解释了光电效应—— 一种长期以来激发许多物理学家梦想的物理现象——认为光是由离散的能量量子组成的。这个解释在将来让他感受到了获得诺贝尔奖的喜悦，但同时因此而诞生的量子力学也让爱因斯坦一直心生厌烦，蒙受痛苦。然而，在解释光电效应后不到一个半月，他发表了博士论文《分子尺寸的新测定》。论文发表后不到两周，从而产生了对布朗运动的解释，并在年底得以完善。在 6 月 30 日爱因斯坦出版了一本名为《论运动物体的电动力学》的回忆录，这部作品在今天被称为狭义相对论，能够解决光的机械理论和电磁理论之间的对比，并彻底改变绝对空间和时间的概念。三个月后，在另一本简短的回忆录中，他阐述了一个公式：$E=mc^2$。同样向我们成功解释了质量是如何转化为能量的。然而，在 1916 年，阿尔伯特正准备发表一个似乎比狭义相对论更深奥、更有意义的理论，他预测光可能会受到引力的影响。这个想法证实了一个多世纪以来关于能够捕获光的物体（如黑洞）的假设。然而，该理论还提供了一种称为"引力波"的现象的存在，这种现象能够使时空变形。

并非所有物理学家都相信爱因斯坦的广义相对论。谢天谢地，也许可以这么说。事实上，科学不是建立在信任的基础上的。每个新理论都必须经过实验检验。或者更确切地说——因为给出确定性的验证在实际上永远不存在——必须找到支持证据，越多越好。但是，无论有多少，一旦找到它们，你就不得不怀疑它们是否正确，并对其进行再次论证。如果学界可以复证这些观察结果，并且它们通过了所有可靠性测试，那么这个理论也许会被接受。然而，要始终准备好质疑它。

科学是可以被质疑的，没有质疑，就没有科学。然而，质疑只有在建设性的情况下才有意义：我并不怀疑这样做，只是因为我不想接受所谓的某种权威；我怀疑这样做是否可以提高我的知识，理性地绕过那些情绪化的人类的易错性。

然而，在理论提出后的几年中，阿尔伯特的所有各种有趣的预测都被实际观察到了，引力波除外。

关于这一点，并非所有物理学家都信任爱因斯坦，相信引力波的存在。

爱因斯坦本人在错误的计算和自我批评之间徘徊难测，直到二十年后人们才最终确认了引力波的存在，但只是提供了一些很好的方程来描述它们的行为和特征。

但并非所有物理学家都相信引力波是可以被观察到的，尽管也许它真的存在。同样在这种情况下，第一个提出质疑的便是爱因斯坦本人，接着是他的合作伙伴彼得·伯格曼和亚瑟·爱丁顿，他们通过 1919 年 5 月 29 日在圣多美和普林西比观察日食带来了支持广义相对论的第一个伟大证据。

然而，在科学中怀疑并不意味着拒绝这个想法，而是意味着对其进行调查。说引力波可见和不可见，事实上我必须有一些证据来支持我的主张。问题是寻求证明的理论谈到了原子（顺便说一下，很小的分数）大小的形变。调查不是一件简单的事情。

第一个尝试测量这些形变的是 20 世纪 60 年代的约瑟夫·韦伯，他制造了一系列由 2 米长和 1 米直径的铝制圆柱体组成的设备。

大约在 1968 年，韦伯确信他已经收集到了这一现象的"好证据"。

但我要告诉你的是，并不是所有的物理学家都信任韦伯。

他的实验重复了好几次，都没有给出任何结果。那时，当这位科学家在近 20 年后声称揭示了超新星 1987A 的引力波时，很少有人相信他的说法。

所以科学不再信任那些犯错的人？正如我们所说，总体上看，科学一般不信任何人，但说科学排斥那些有时与学界想法不同且无法尝试的人，这也是不正确的。最近有人对韦伯的主张进行了一项分析，该主张建议仔细查看 1987 年的数据，因为根据现代关于引力波的知识，它们可能隐藏着一些有趣的东西。

有人说，在科学中，一切都会受到质疑，即使在多年后。

即使是那些看起来确信无疑的知识。

1974 年，通过现在已经不再使用的阿雷西博射电望远镜，拉塞尔·赫尔斯和约瑟夫·泰勒观察到了一个中子星和脉冲星围绕彼此旋转的双星系统。一个注定要合并的系统，就像前文所述的两个黑洞一样。对 PSR B1913 + 16 系统的观察和对其能量的测量导致了第一个支持引力波存在的间接证据。

这足以证实它的存在吗？并不能。不管怎样，这个发现让他们两个在 1993 年获得了诺贝尔物理学奖就足够了。有时，在科学领域，你必须满足于小事。

1984 年，雷纳·韦斯和基普·索恩（向诺兰解释了如何制作《星际穿越》的黑洞并获得奥斯卡最佳特效奖）与罗奈尔特·德雷弗一起决定创设激光干涉引力波天文台（Laser Interferometer Gravitational-Wave Observatory，简称为 LIGO），这是一个要建立两个臂长 4 千米的引力波探测器的浩大工程，仿佛两个硕大的耳朵在聆听宇宙。

在 2002 年，他们终于开始投入工作，经过 1000 名科学家的通力合作和数年测试，LIGO 得以升级进化，成为 Advanced LIGO。

2015 年 9 月 14 日，正好在 Advanced LIGO 结束升级时，两只"大耳朵"捕捉到了一个信号。这是一段在 13 亿年前产生，并传向地球的引力波。我们假设这并不是偶然所得。但是，在科学中，人们总说不轻信绝对比轻信更好，于是科学家们抑制住内心的狂喜，夜以继日地对收集到的数据进行了长达数月的分析，以避免说出诸如"中微子比光移动速度快"之类的荒唐言语。

2016 年 2 月 11 日，在面向全世界的一次大会上，包括韦斯和索恩在内的五名科学家让世界上成千上万的物理学家集体陷入狂欢，他们一口气公布了：

（1）引力波的存在已被证实；

在这张图片中：艺术渲染所呈现
的黑洞引起了空间的扭曲。

（2）黑洞的存在得到实验确认；

（3）双黑洞存在的证据；

（4）黑洞可以合并被确认；

（5）旋转黑洞存在的证据。

这些梦幻般的发现，不仅为两位科学家铺平了 2017 年诺贝尔奖的道路，而且还开启了多信使天文学的时代。因为在这之前，我们研究宇宙只能通过电磁辐射，那么从现在开始，我们还可以通过捕捉其他信号来探秘苍穹。这些没有吸收或屏蔽的在宇宙中自由穿行的信号，可以为我们带来宇宙的有关信息。

但是，对引力波的发现也教会了我们很多其他东西。它告诉我们，一个事物是否难以被查证，是否需要 100 年的时间才能被观察到，这些都不重要：科学会一直前进。尽管质疑常在，但正是得益于这些质疑，科学才能不断进步。也许我们当下质疑的一些事物的存在，未来仍需 50 年的时间来查证，比如暗物质和暗能量，但这并不重要，重要的是要去实践，有方法地质疑一切。当然，这不是一个人可以单独完成的工作。如果科学一直是一个团体的结晶，那么在当代科学中，这点显得更为真实；在当代科学中，协作是发现的真正动力。希格斯玻色子的证实，黑洞的第一张图像或引力波的检测就是最好的证明。

那么，下一步该怎么办呢？

也许应该不断扩大合作，其中包括普通百姓：公众科学，同民众一起探索科学，具有巨大的潜力，需要我们去发掘。我们可以从重塑科学界与社会之间的关系开始，这层关系以前经常被忽视，并且由于相互不信任曾几次降至冰点。

因为，如果我们想要"所有人都幸福快乐"，我们必须知道，科学不仅作用于社会，而且作用于我们每个人。

卢卡·佩里（Luca Perri）

意大利国家天体物理研究所天体物理学家，米兰天文馆讲师。负责利用广播、电视、印刷出版物、文化节以及社交工具等媒体平台进行科普活动。与意大利广播电视公司 Rai 电视台第三频道"乞力马扎罗"栏目、广播电台第二频道、DJ 电台、《24 小时太阳报》电台、《共和报》、科普杂志《焦点》《焦点》（青少年版）、意大利伪科学声明调查委员会、热那亚科技节，以及贝加莫科技节等多家媒体、组织机构、平台均有合作。参与 Rai 电视台文化频道"超级夸克 +"等节目的脚本撰写与主持工作。意大利德阿戈斯蒂尼学校（德阿戈斯蒂尼出版社下属教育机构）签约作家兼培训专员，与西罗尼出版社、德阿戈斯蒂尼出版社以及里佐利出版社等合作，出版有多部科普作品。其中，《太空谣言》一书获 2019 年意大利学生宇宙科普奖。

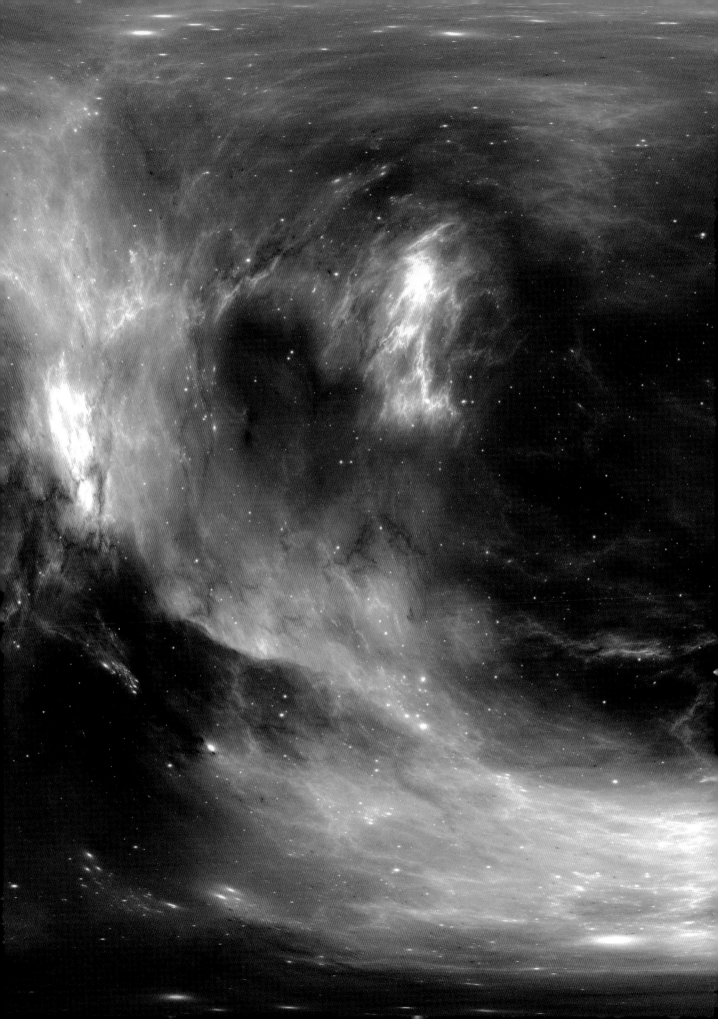

第一章

引力波及其他

它们在宇宙中穿行，使空间振动。
由爱因斯坦（Einstein）在一个多世
纪以前预测的引力波，在今天成为研
究宇宙奥秘的最强大工具之一。

右图 阿尔伯特·爱因斯坦（1879—1955）

　　他再次看向纸上的计算。他已经重做了好几次，试图找到一些行不通的或某些推理错误的细节。但并没有找到，他起身离开了自己的椅子，屏住呼吸了很长时间。经过多年的重复计算和深思熟虑后，最终，阿尔伯特·爱因斯坦（Albert Einstein）相信了这一点：引力波确实存在。

　　这位德国物理学家看向办公室的窗户，目光迷失在树木的绿色中。在移民到美国以逃避纳粹迫害之后，他于1933年来到了普林斯顿大学。从欧洲，他带来了在科学上取得的光辉成就，以及一些悬而未决的问题。例如，有一个引力波的问题，使他琢磨了二十年，并常常让他陷入深思。1916年，在他的广义相对论理论的结论引导下，他认为引力波的存在是必然的。相对论提供了对引力的全新且完整描述，这类似于19世纪下半叶英国物理学家詹姆斯·克莱克·麦克斯韦（James Clerk Maxwell）阐述的关于电磁现象的理论。此外，如果麦克斯韦（Maxwell）预测的电磁波是电磁场的结果，那么在引力场的条件下，引力波也应该存在。

　　但是，随着岁月的累积，爱因斯坦心中对此也产生了怀疑，并在1936年与他的年轻合作者内森·罗森（Nathan Rosen）写了一篇题为《引力波真的存在吗？》的文章。我们没有该作品的原始版本，但似乎答案趋于否定。两人将文章发送给《物理评论快报》杂志的编辑人员，该杂志遵循公正的审查规则，在发表之前将其发送给了匿名评审。负责审查文章的科学家进行了一项艰苦的工作，甚至找到了一个错误，并反馈给了爱因斯坦。审查程序或同行评审在今天是整个科学界的共识，但是在当时，在爱因斯坦发表了大部分作品的德国，这样的规矩并没有受到多数人的认可。于是，不习惯这种审查制度的爱因斯坦怒不可遏，撤回了文章，并将其投送给了另一本杂志。

但是，在新助手利奥波德·英菲尔德（Leopold Infeld）的帮助下，爱因斯坦开始重新考虑匿名评审的更正建议。似乎在夏天，英菲尔德与来到普林斯顿大学不久的美国天才理论物理学家霍华德·珀西·罗伯逊（Howard Percy Robertson）进行了多次讨论，发现他与匿名评审的观点竟然神奇地相似。

两人一起对数据进行了重新计算和讨论。之后英菲尔德便去找爱因斯坦交谈，说他也发现了那个错误。于是爱因斯坦修改了文章，甚至撤去了标题中的问号，将标题简单地改为《引力波》。

宇宙振荡

引力波是时空结构中的振荡，是爱因斯坦 1916 年发表的广义相对论的结果之一。广义相对论与牛顿在 17 世纪末提出的万有引力理论相比，又向前迈进了一步。这是对引力现象的更为复杂的描述，不再用牛顿引力这样的单一方程来优雅地表达，而是由十个"爱因斯坦引力场方程"组成的系统来表达。

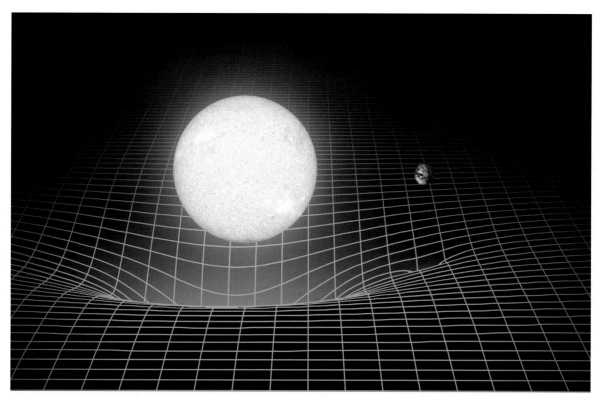

上图　根据广义相对论，引力场是时空弯曲的结果。甚至行星的轨道，例如地球围绕太阳的轨道，都是由于我们的恒星创造的引力"势阱"所导致的运动。图片来源：T. 派尔 / 加州理工学院 / 麻省理工学院 /LIGO 实验室。

黑洞之舞

　　两个黑洞相互盘旋产生的引力波的艺术表现。这场漫长的宇宙之舞将以天体融合的形式结束，这是一件灾难性的事件，以引力波的形式释放出巨大的能量，并由此产生一个新的，甚至更大的黑洞。图片来源：LIGO 实验室 /T. 派尔。

广义相对论背后的观点是，引力是时空弯曲的结果，而时空弯曲又是由物质的存在产生的。换言之，巨大物体的存在，例如恒星，会弯曲时空结构，如果一颗行星或一束光线经过，它会沿着弯曲的轨迹行进，就像被恒星"吸引"一样。

当我们发现自己处于一个变化的引力场中时，例如，由于两颗恒星相互围绕，引力波时空以光速传播。2015 年，美国 LIGO 项目的仪器首次揭示了引力波，因此我们有了一个新的、重要的研究天象的渠道。事实上，引力波被称为一种新的宇宙"信使"，天文学家可以利用它来研究天体，并结合使用传统望远镜和其他适合收集电磁波谱不同成分的仪器进行观测。

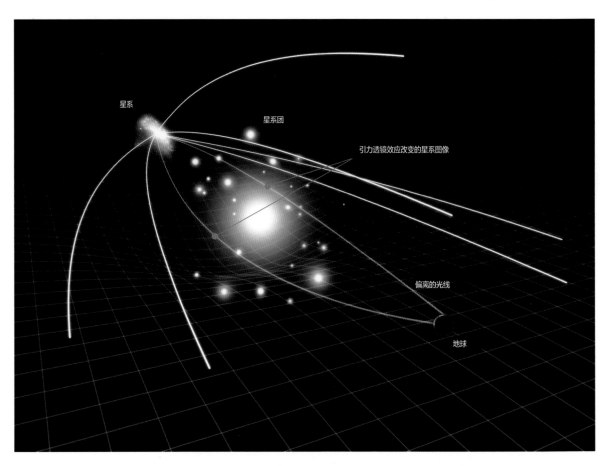

上图 相对论最令人惊讶的影响之一是，光的轨迹可以被引力弯曲，从而产生了引力透镜的奇怪现象：由较大的近距离质量对远距离光源发出的光产生了放大，并与背景光源相对应。图片来源：美国国家航空航天局、欧洲航天局和 L. 卡尔卡达。

在引力波上起舞

引力波周期性地使它们通过的物体变形。例如，想象一下，一个波浪到达加尔达湖，使其边缘发生了潜移默化的变形。这种变形可能被视为两个沿一个方向（例如南北）定向的交叉振荡和一个倾斜 45°（例如从西南到东北）的交叉振荡的重叠，分别称为极化 + 和 x。请记住，它们是非常小的振荡：整个湖将被拉长和缩短约为原子核大小的三十分之一。

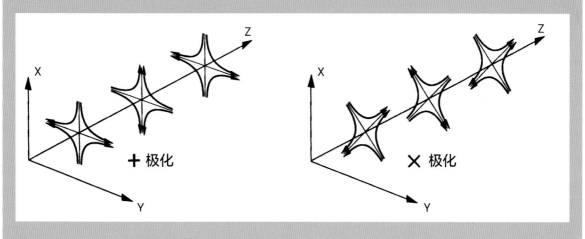

上图　引力波的两个极化。图片来源：AstoundingJB (https://physics.stackexchange.com/users/19872/astoundingjb)。

由于引力是最基本的相互作用中最弱的一种，所以在地球上探测到的引力波的强度很小，而利用目前的技术，我们只能揭示极端暴力现象产生的引力波，例如两个黑洞之间的碰撞和融合。当这样一种现象产生的引力波穿过地球时，我们的星球"变长"和"变短"的幅度很小，大约相当于原子核的大小！

干涉问题

因此，直接探测引力波是一项前所未有的技术和实验挑战。20 世纪 60 年代，美国物理学家约瑟夫·韦伯（Joseph Weber）根据与声波共振原理相似的原理，提出了一种共振天线，即能够在引力波通过时振动的探测器。然而，这些探测器没有足够的灵敏度，最终被其他现代探测器取代，干涉仪利用激光束之间的干涉现象（在成功探测引力波方面）发挥了作用。

让我们先来了解一下干涉现象，根据干涉现象，当两个波在某一点相遇时，会产生一个（新的）波，其总振幅是每个波的振幅之和。在这一点上，两个波都可能具有最大振幅，在这种情况下，它们的和也可能是最大的：那么我们就说相长干涉。但是，如果两个波是交错的，这样一个达到最大值，另一个达到最小值，那么产生的振幅将为零：在这种情况下，我们谈论的是相消干涉。

由电磁波组成的光会受到干涉现象的影响。事实上，如果我们干涉两束光，在相长干涉的情况下，

上图　当光的路径被引力改变时，由于引力透镜的作用，遥远星系的图像可能会变形。在某些情况下，可能会产生奇怪的效果，比如斯隆数字巡天 J1038+4849 星系团中的这些星系，它们似乎会画出一张笑脸。图片来源：美国国家航空航天局／欧洲航天局。

上图　乔·韦伯正在研究共振天线。图片来源：特殊藏品和大学档案，马里兰大学图书馆。

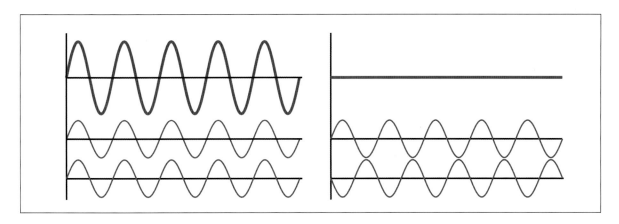

上图　光波之间的干涉是引力波探测器背后的原理。根据图片，两个波可以精确相加，产生相长干涉，也可以相互抵消（相消干涉）。图片来源：Haade（CC BY-SA 3.0）。

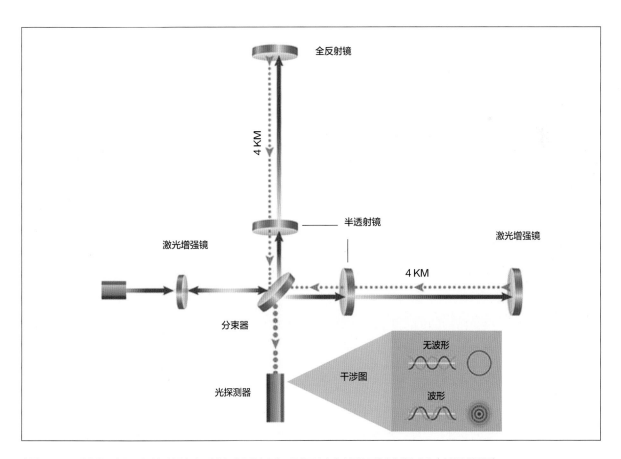

上图　LIGO 干涉仪的示意图。当引力波通过时，臂的长度会发生变化，因此两个光束之间的干涉也会发生变化（未按比例绘制）。

会有更强烈的光，而如果是相消干涉，则会产生暗纹，也就是没有光。

利用干涉，我们可以建立一个内部信息计。想象一下，取一束光，并将其分成两束强度相等的光束，例如利用一个半透明的镜子，称为分束器或分束镜。分束器可以被定向为使得光束沿着垂直方向行进。在这一点上，我们可以沿着光束的路径放置两个镜子，使它们向后反射，朝向分束器，在分束器处，它们将依次被部分反射和部分透射。通过这种方式，我们可以观察重组光束的重叠并研究它们的干涉。

但是干涉仪与引力波有什么关系呢？当引力波撞击我们的仪器时，它的臂会周期性地伸长和缩短。光总是以相同的速度传播，因此，在缩短的臂上传播的时间更短，而在伸长的臂上运行的时间更长。路径的差异表现为我们观察到的干涉的变化。这样，至少在原则上，观察两个光束的干涉就足以研究"捕捉"引力波通过的微小变化。为了使干涉仪更灵敏，这些臂有几千米长，其中的光被一个叫作法布里-珀罗光学腔的系统来回反射几次。

干涉测量的概念是激光干涉引力波天文台（Laser Interferometer Gravitational-Wave Observatory，简称为 LIGO）项目的基础，该项目于 20 世纪 80 年代由麻省理工学院的雷纳·韦斯（Rainer Weiss）和一些同事提出，包括为了参加该项目而移居美国加州理工学院（California Institute of Technology）的基普·索恩（Kip Thorne）和格拉斯哥大学（University of Glasgow）的苏格兰物理学家罗奈尔特·德雷弗（Ronald Drever）。

无声探测器

美国研究人员提议在美国的两端建造两个干涉仪：一个是在西海岸华盛顿州汉福德研究中心附近制造的；另一个位于路易斯安那州利文斯顿镇不远处。这些探测器是第一台干涉仪的放大版，由美国物理学家阿尔伯特·亚伯拉罕·迈克尔逊于 19 世纪末制造；不同的是，迈克尔逊的干涉仪在一个房间里，而两个 LIGO 都有 4 千米长的臂。这两个 LIGO 的建造始于 1994 年，持续了几年，随后是校准和改进的仪器调试阶段。在这些工作结束后，LIGO 于 2002 年开始了第一次数据收集活动，一直持续到 2010 年，但没有发现任何迹象。

当美国研究人员参与 LIGO 的开发时，欧洲科学界也致力于建造两个干涉仪。最小的 GEO600 有 600 米长的臂，在英国和德国研究人员的共同努力下于 2002 年在汉诺威附近完成。在（20 世纪）80—90 年代，室女（座）（Virgo）项目被开发出来，（这是）一个巨大的激光干涉仪，有 3 千米长的臂，在意大利比萨省的卡西纳附近建造，并于 2003 年落成。

探测引力波的主要问题之一是，从这些现象中预期的信号非常小，并且明显低于周围环境产生的其他伪信号。事实上，有许多物理事件——从不断震动地壳的微震到镜面分子的热舒适——产生了我们完

上图 华盛顿州汉福德 LIGO（左上）和路易斯安那州利文斯顿 LIGO（右上）。图片来源（两张照片）：加州理工学院 / 麻省理工学院 /LIGO 实验室。
大图：安装在比萨省卡西纳的室女（座）（Virgo）干涉仪的航拍图。图片来源：欧洲引力天文台。

全无法察觉的微小变形，但比引力波产生的信号还要宽。

为了更好地理解这个想法，想象一下我们在一个聚会上，有很多人和响亮的音乐，我们希望能够听到牙签从房间对面桌子上掉下来的声音。要做到这一点，我们必须"静音"所有背景噪声，这正是引力波物理学家在设计探测器时试图做到的。事实上，有许多前沿技术可以使探测器更安静，包括低热噪声的新材料和衰减地震噪声的系统。

考虑到噪声的影响，可以评估干涉仪的灵敏度范围。与我们的耳朵一样，这些仪器也对一定的频率范围敏感，从 10—10000 赫兹，在人类听觉的敏感范围内大致相同。

星际华尔兹

目前最灵敏的引力波探测器是两个 LIGO 和室女（座）（Virgo）引力波探测器；尽管如此，直到 2011 年，它们收集的数据都没有揭示任何可归因于引力波的信号。在接下来的几年里它们进行了更

上图　2016 年拍摄的中央干涉仪大楼旁的室女（座）（Virgo）引力波探测器协作室合影。图片来源：M. 珀奇巴利／欧洲引力天文台。

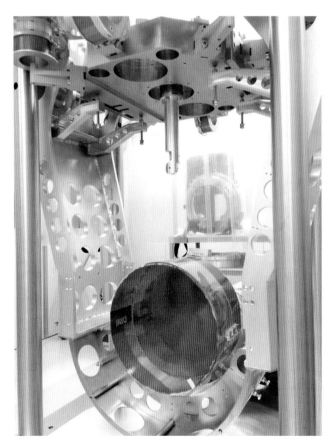

上图　高级室女（座）（Virgo）引力波探测器正在安装的镜体之一。镜子由一层粉红色的薄膜保护，悬挂在非常细的硅线上，硅线是专门为减少热搅拌产生的噪音而开发的。图片来源：欧洲引力天文台。

新，以便将灵敏度逐步提高十倍。根据计算，这是一个重大的飞跃，最终将有可能实现目标。

经过几年的工作，2015 年 9 月，两台 LIGO 探测器返回"高级"模式；同月 14 日，在新的"开机"后仅两天，两台仪器就收到了信号。让人大吃一惊的是，最初的检查表明，信号不是任何噪声的结果，也不是插入数据中测试搜索算法的人工信号的结果。

这一发现于 2016 年 2 月 11 日宣布，此前数月来，我们对数据进行了检查，以完全确定这一发现。

看看引力信号的曲线图，你会发现一个波变得更强烈，其长度随着时间的推移而缩短。如果我们把那个波转换成声音，我们就会听到越来越尖锐和强烈的哨声。这只是一个类比，因为引力波不产生任何声音，尽

阿尔贝托·贾佐托（Alberto Giazotto）和世界上最美丽的实验

室女（座）（Virgo）欧洲引力波探测器诞生于 20 世纪 80 年代，由比萨 INFN 的意大利物理学家阿尔贝托·贾佐托和巴黎附近奥赛实验室的法国人阿兰·布里莱特合作研制。

特别是，贾佐托设计了一种新的系统来衰减地震振动，使室女（座）（Virgo）引力波探测器对低频引力波更加敏感。布里莱特为该项目做出了贡献，得益于他在光学和激光领域的丰富经验。

贾佐托于 1940 年出生于热那亚，毕业于罗马的物理学专业，在粒子物理学领域工作，先是在意大利，然后是在英国。他在 80 年代初接触引力波，从此致力于室女（座）（Virgo）计划的提出和发展，据他所言，这是世界上最美丽的实验。该实验于 1993 年获得批准，室女（座）（Virgo）引力波探测器是在比萨省的卡西纳建造的，2007 年开始了第一次数据收集活动。贾佐托被认为是室女（座）（Virgo）引力波探测器的意大利"父亲"，他于 2017 年 11 月 16 日在比萨去世，距离第一次直接发现引力波大约两年。

左图　阿尔贝托·贾佐托（Adalberto Giazotto）站在室女（座）（Virgo）引力波探测器的一只臂前。
图片来源：www.media.inaf.it。

管时空在振动。事实上，在真空里，声音不会传播。然而，基于这个类比，在英语中，这个波形是叫 chirp，也就是"啁啾"的意思。

但是，是什么产生了这种异常的引力信号呢？答案被隐藏在引力波的形式中。将其与理论模型进行比较，科学家们意识到这个波是由两个黑洞碰撞产生的，这两个黑洞的质量分别为 29 个和 36 个太阳质量，位于距离我们 13 亿光年的遥远星系中。

在碰撞之前，这两个"怪物"在一场持续了数十万年的缓慢宇宙华尔兹中绕着彼此旋转。一圈接一圈地绕轨道旋转，两个天体组成的系统以引力波的形式向太空发射能量；失去能量后，两个黑洞越来越

碰撞中的中子星

中子星之间的碰撞是引力波的强烈来源。与黑洞不同，中子星并合中的引力波伴随着整个电磁波谱的光发射。图片为由理论预测并于 2017 年通过观察证实的情景。图片来源：沃里克大学 / 马克·加里克。

赫尔斯和泰勒脉冲星

　　甚至在它们被发现之前，引力波就已经给出了它们存在的一些迹象。1974年，美国科学家拉塞尔·艾伦·赫尔斯（Russell Alan Hulse）和约瑟夫·胡顿·泰勒（Joseph Hooton Taylor）通过阿雷西博射电望远镜发现了一个非常奇特的双星系统。构成PSR B1913+16系统的两颗恒星，距离我们21000光年，实际上是两颗中子星，其中一颗是脉冲星，每0.059秒发射一次无线电脉冲。使用脉冲星作为"宇宙钟"，可以测量系统7小时45分钟的轨道周期。但还有更多（信息）。

　　通过研究轨道周期随时间的变化，两位物理学家意识到它每年减少约1/7600万秒，这一数字与广义相对论完全一致。根据这一理论，事实上，恒星相互绕轨道运行时，会发出引力波，因此会失去能量，彼此越来越近。多年来，这种现象一直被认为是引力波存在的一个强有力的间接证据。因此，PSR B1913+16脉冲星在1993年为赫尔斯和泰勒赢得了诺贝尔物理学奖。

左图　左起分别为拉塞尔·艾伦·赫尔斯（Russell Alan Hulse）和约瑟夫·胡顿·泰勒（Joseph Hooton Taylor）。图片来源：Betsy Devine（CC BY-SA 3.0），ed Energy.gov。

近，处于一个非常长的螺旋阶段。随着两个物体的轨道越来越近，发射的引力波的频率和强度逐渐增加。但只有在融合前的最后十分之一秒，波的频率和强度才（能够）被LIGO探测器检测到。

　　就在碰撞之前，这两个黑洞，其尺寸约为100千米，以疯狂的速度相互旋转，其速度相当于光速的一半；然后它们合并为独一无二的巨大黑洞。在那场可怕的碰撞中，相当于3个太阳质量的能量以引力波的形式转化为能量。这是一个可怕的数字：为了理解这一点，我们可以想象，如果不是引力波，而是发出可见光，那么这一事件将比宇宙中所有恒星的亮度高出 50 倍。在融合之后，黑洞通过向太空发射一系列越来越弱的引力波而稳定下来，这或多或少就像钟声响起时的样子。事实上，这一阶段在英语中被称为敲钟，以准确地描述敲钟后的钟声。科学家将螺旋、融合和环落三个阶段的结合称为"聚结"。

2015 年 9 月 14 日的信号由科学家命名为 GW150914，其中"GW"是 Gravitational Wave 的首字母缩写，即引力波，之后是以美国格式表示的事件日期，即年月日。其中年份用最前面的两位数字表示，即用 15 表示 2015 年。

在黑洞的坟墓里

自从第一例引力波被发现以来，LIGO 和室女（座）（Virgo）引力波探测器的科学家成功地进行了三轮观测活动，称为观测运行。第一轮观测运行，O1，从 2015 年 9 月持续到 2016 年 1 月，涉及来自汉福德和利文斯顿的两个 LIGO 探测器。除了 GW150914 之外，还记录了其他信号，包括 2015 年

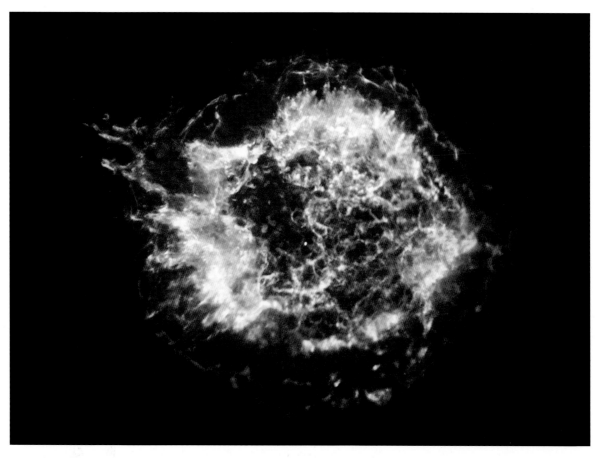

上图　钱德拉太空望远镜拍摄的超新星遗迹仙后座 A 的 X 射线照片。超新星是当前干涉仪（可测）范围内引力波的潜在来源。图片来源：激光干涉引力波天文台，美国国家科学基金会，A. 西蒙内（索诺玛州立大学）。

引力波从哪里来？

为了确定引力波源的位置，有必要测量原点的方向，可以基于从干涉仪收集的数据进行三角测量而获得。2017 年 8 月 14 日，利用三台干涉仪，有可能实现 LIGO 和室女（座）（Virgo）引力波探测器对引力波事件的首次观测来定位 25 个和 30 个太阳质量的两个黑洞的合并信号。然而，这种技术仅能达到几十度量级的精度，远低于传统望远镜定位所需的精度。

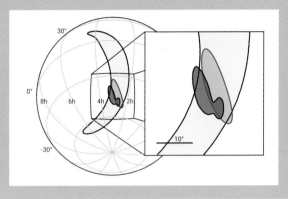

左图　GW170814 事件在天球上的位置。仅使用两个 LIGO 探测器的数据，即可获得黄色区域。用两种不同的方法添加室女（座）（Virgo）引力波探测器的数据，则可定位于绿色和紫色区域。
后者是最好的定位，拥有 60 平方度的面积。图片来源：阿博特等人——《物理评论快报》。

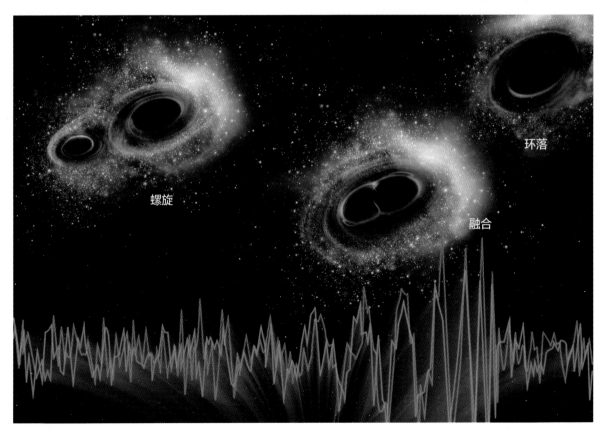

螺旋

环落

融合

上图　2015 年 9 月 14 日事件中螺旋、融合和环落三个阶段的艺术表现，揭示了两个黑洞融合产生的引力波。图片来源：激光干涉引力波天文台，美国国家科学基金会，A. 西蒙内（索诺玛州立大学）。

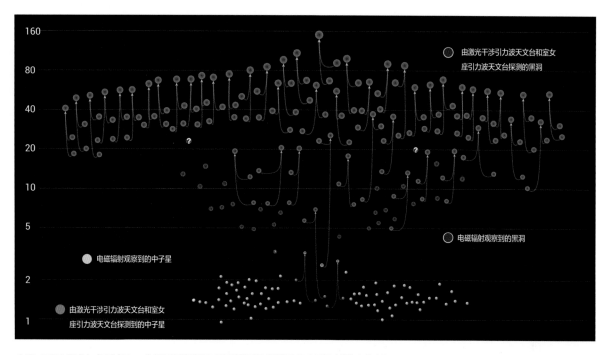

上图　LIGO 和室女（座）（Virgo）引力波探测器迄今看到的黑洞（蓝色）和中子星（橙色）分布图。
紫色和黄色表示传统观测中已知的黑洞和中子星。纵轴为其质量。图片来源：LIGO/室女（座）（Virgo）/西北大学/弗兰克·埃拉夫斯基。

12 月 26 日由两个太阳质量黑洞（分别为 14.2 倍与 7.5 倍太阳质量）合并产生的事件 GW151226。

　　从 2016 年 11 月到 2017 年 8 月，O2 实施观测，这是由两个 LIGO 探测器启动的数据收集任务，最后一个月，室女（座）（Virgo）引力波探测器加入了"高级"版本。O2 以一个充满惊喜的 8 月结束，因为在几天内，2017 年 8 月 14 日有可能对引力波信号进行首次"三重"探测。三天后，8 月 17 日，探测器捕捉到了产生的第一个信号。从两颗中子星的合并中，地球上和太空中的许多望远镜也观测到了一个产生光发射的事件。

　　前两次观测运行中显示的信号被收集在 2018 年发布的第一个瞬变引力波事件目录（GWTC-1）中，该目录包含了关于黑洞之间的 10 次合并以及黑洞之间碰撞的数据，而上述两颗中子星于 2017 年 8 月 17 日被观测到。第三次观测运行从 2019 年 4 月 1 日开始，经过一系列更新后，最初预计总持续时间为一年，在 2019 年 10 月中断，进行了一系列必要的校准和调试操作。然而，由于 COVID-19 大流行，O3 运行于 2020 年 3 月底终止，比计划提前一个月。O3 期间发现了更多事件，其中第一部分发表在第二个瞬变引力波事件目录（GWTC-2）中，其中包含了 2019 年 4—10 月 O3 的前几个月收集的数据。

　　多亏了迄今为止收集的大量数据，科学家们可以开始以一种全新的方式对黑洞进行系统研究，并补充使用传统望远镜进行的分析。例如，研究这些物体之间的融合，研究一种"恒星墓地"，由相互融合并产生越来越大的黑洞组成，如 GW190521，导致形成了一个大约 150 个太阳质量的黑洞，这是一

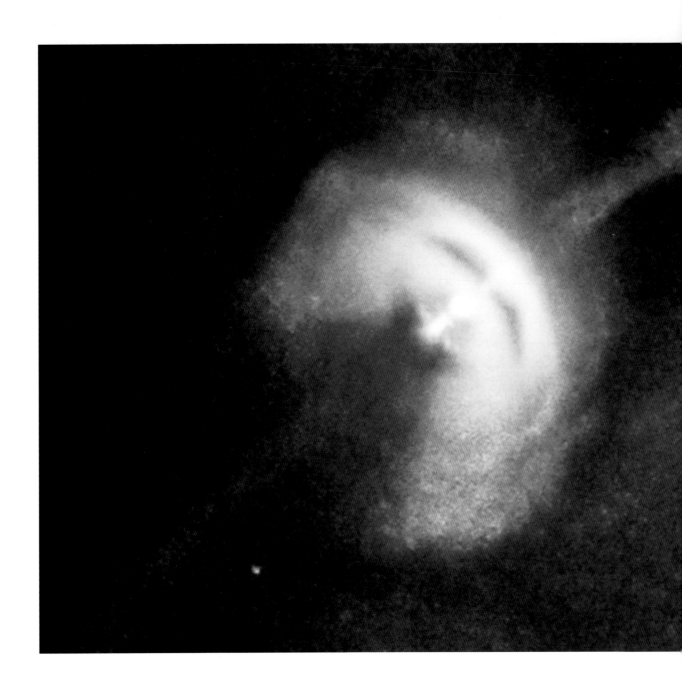

个真正的"最大重量"，属于仍然神秘的"中等"大小的黑洞。尚需理解的是质量介于黑洞与中子星之间的，位于其中的尚未被发现的新型致密天体。根据一些理论，事实上，中子星和黑洞之间可能有一个急剧的转变，直到现在我们还没有发现，因为我们没有足够的工具，比如引力波探测器。然而，在其他情况下，可能会在中间区域发现奇异的恒星质量天体，例如完全由夸克构成的恒星。

我们只是处于引力波天体物理学的开端，在未来几年里，当前和未来的探测器将积累越来越多的数据，可能还会揭示能够发射引力波的新型现象。一个多世纪前，爱因斯坦预言的那些神秘的空间扰动，现在是研究宇宙及其最暴力的一面的极具创新性的工具之一。

拓展阅读
脉冲星上"爬山"?

　　除了致密物体之间的融合，只要所涉及的中子星不是完美的球形，脉冲星的旋转也会产生引力波。例如，在恒星的表面，可能有非常小的"山"，这会产生波动、连续和周期的引力。我们能爬这些山吗？

　　2020 年，LIGO 和室女（座）（Virgo）团队在《天体物理学快报》上发表了对五颗脉冲星的分析，其中包括蟹状星云和船帆座脉冲星。尽管这项研究没有揭示任何引力波信号，但它表明，如果存在的话，这些恒星上的山脉确实很小。对于距离我们 358 光年的脉冲星 PSR J0711-6830 来说，它们比头发还细。人类攀登这些迷你山简直是儿戏，但要当心：中子星的巨大引力比地球强 1000 亿倍，这将使任务变得非常困难。

左图　钱德拉太空望远镜拍摄的船帆座脉冲星和周围星云的 X 射线照片。根据理论预测，虽然到目前为止还没有探测到任何信号，但并非完美球形的脉冲星可能会发射引力波。图片来源：美国国家航空航天局／多伦多大学／M.杜兰特等人（X 射线）；数字化天空巡天／达维德·德·马丁（光学）。

黑洞还是中子星？

　　2019 年 8 月 14 日，LIGO 和室女（座）（Virgo）引力波探测器发现了一个极其奇怪和模糊的引力波信号。LIGO 和室女（座）（Virgo）团队在 2020 年《天体物理学快报》的一篇文章中讨论了这一名为 GW190814 的事件。这一事件是由两个致密的且部分存疑的天体碰撞产生的。最重的是一个黑洞，质量是太阳的 23 倍，而最轻的质量为 2.5—3 倍太阳质量，其身份仍然很神秘。这些数据无法让我们了解它是一颗非常重的中子星还是一个超轻的黑洞。图片来源：卡尔·诺克斯（Carl Knox）（澳大利亚引力波天文学中心）。

第二章

超高能宇宙

通过用 X 射线和伽马射线观察天空，天体物理学家可以揭示宇宙中最极端、最奇异的天体的秘密。

上图 赫伯特·弗里德曼
（Herbert Friedman），X-
射线天文学的先驱之一，以
及（右）佩内蒙德历史博物
馆中的一枚 V2 导弹，第二次
世界大战期间纳粹发射这些
飞行炸弹的地点。图片来源：
AElfwine（CC BY-SA
3.0）。

上页图 钱德拉太空望远镜
用 X 射线（蓝色和紫色）、哈
勃太空望远镜用可见光（黄
色）和斯皮策太空望远镜用红
外线（红色）拍摄的银河系中
心。图片来源：美国国家航
空航天局 /CXC/ 马萨诸塞大
学 /D.Wang 等人（X 射线）；
美国国家航空航天局 / 欧洲
航天局 / 空间望远镜研究所 /
D.Wang 等人（光学）；美国
国家航空航天局 / 喷气推进实验
室 /SSC/S. 斯托洛维（红外）。

火箭从地面升起，隆隆声震动了沙漠的角落。当导弹升入新墨西哥州的天空时，这位物理学家擦了擦额头，想几年前，飞行机器曾是一种可怕的死亡工具。V2 导弹因德国工程师沃纳·冯·布劳恩（Wernher von Braun）的聪明才智而诞生，在纳粹德国轰炸的城市中播下了悲痛和毁灭的种子。冲突结束后，盟军抓住了那些留下来的人，许多人和冯·布劳恩以及第三帝国最聪明的头脑一起留在了美国。

4 年后的 1949 年 9 月 29 日，其中一枚导弹击穿了一位年轻物理学家和他的同事头顶的天空。这位物理学家是 33 岁的赫伯特·弗里德曼（Herbert Friedman），他曾在美国海军研究中心的海军研究实验室工作，在那里收集了一些 V2，并将其重新用于科学目的，例如从太空中看到的地球的第一张照片是用 1946 年 10 月 2 日发射的 V2 拍摄到的。

但弗里德曼有一个更为雄心勃勃的目标，只有离开地球大气层才能实现。他想和同事们一起捕捉太阳发出的 X 射线，以揭示我们恒星的全新面貌。另一项基于照相底片的实验已经显示了太阳 X 射线的发射，但弗里德曼希望获得定量

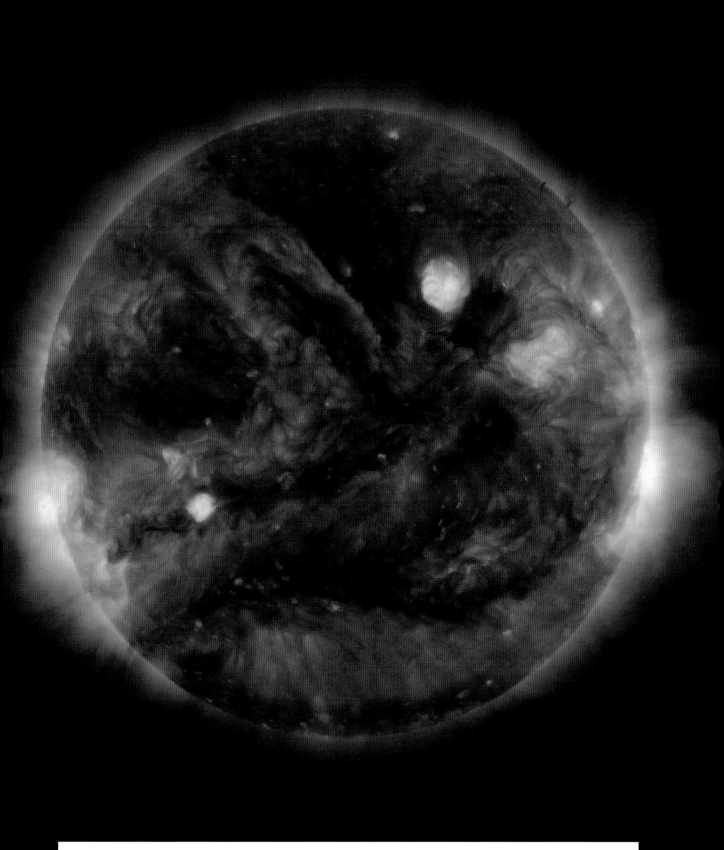

上图　太阳的合成图像，显示了我们的恒星在高能 X 射线中的外观 [蓝色，取自美国国家航空航天局的核分光望远镜阵（Nuclear Speotroscopic Telescope Array，简称为 NuSTAR）]。图片来源：美国国家航空航天局 / 喷气推进实验室 / 戈达德航天中心 / 日本宇宙航空研究开发机构。

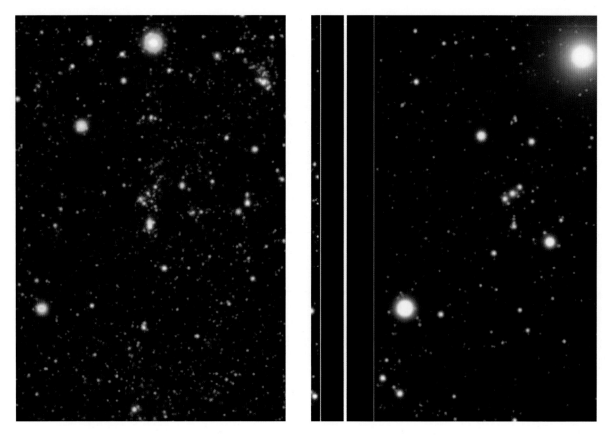

上图 如果我们能用特殊的 X 光眼镜观察星座，星座会是什么样子？这是一个猎户座的例子，在欧洲任务 ROSAT 拍摄的图像中，右边是可见光，左边是 X 射线。图片来源：迈克尔·F. 科尔科兰。

数据，并使用盖革计数器来探测 X 射线和粒子通过的信号。发射在新墨西哥州的白沙军事基地完成，距离历史上第一次核试验"三位一体"进行地点不远。

火箭到达了 150 千米的高度，开始在 90 千米以上的高度记录 X 射线，证实了即使在尚未探测过的天空中，太阳也是最亮的恒星。

在可见的天空之外

我们知道 X 射线是一种能量非常高的电磁辐射形式，但它们如何帮助我们更好地理解宇宙呢？世界各地的各种研究小组都在帮助发展 X 射线天文学。很明显，不同波长的观测是解开天体奥秘的关键。

可见光、无线电波和 X 射线实际上是同一现象的表现形式，即电磁波，并根据其波长而不同。我们的眼睛对波长在 400 纳米到 700 纳米的可见光敏感，其中 1 纳米相当于十亿分之一米。波长较长的是红外线、微波和无线电波，而波长较短的是紫外线、X 射线，最后是伽马射线。清楚地说，X 射线具有约十纳米至百分之一纳米的极短波长，而更短的则为伽马射线。不同类型的波，从无线电到伽马射

未知领域与 X 射线成像技术

1895 年 11 月 8 日，维尔茨堡大学物理学教授威廉·康拉德·伦琴（Wilhelm Conrad Röntgen）在阴极射线实验中偶然发现了 X 射线。为了识别他观察到的未知辐射，他选择了 X，就像数学中使用的未知数一样。伦琴发现，X 射线可以穿透纸张、整本书，甚至身体的软组织，从而向我们展示骨骼。物理学家的妻子安娜·伯莎（Anna Bertha）拍摄了史上第一张 X 射线照片，她一看到手指的骨架就惊呼："我看到了我的死亡！"

上图 威廉·康拉德·伦琴

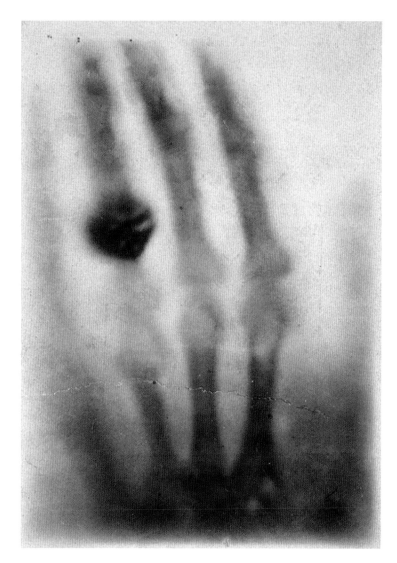

上图 历史上第一张 X 光片：伦琴的妻子安娜·伯莎的手，手指上戴着戒指。

线，形成了所谓的"电磁波谱"。

多波段研究是天文学家手中最强大的工具之一，它可以超越可见光，更全面地研究天体。例如无线电波可能与磁场的存在有关，而红外辐射可能表明新生恒星或正在形成的行星周围有一层厚厚的尘埃。

我们都知道，在太阳的照耀下我们会暖和起来。电磁波实际上携带能量，波长越短，能量越大。紫外线的能量是可见光的十倍，而当我们谈论 X 射线和伽马射线时，我们所处理的能量是数千倍和数十亿倍。让我们开始我们的高能天体物理学之旅，来研究那些能够向太空释放大量能量的天体吧！

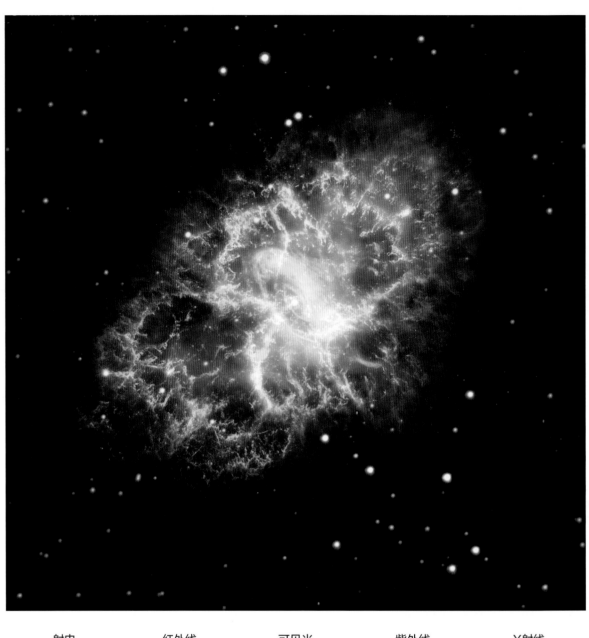

射电	红外线	可见光	紫外线	X射线

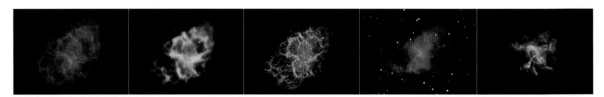

上图 从无线电波到 X 射线，在不同波段的电磁波谱中所见的蟹状星云。

图片来源：美国国家航空航天局，欧洲航天局，G. 杜布纳等人（阿根廷国家科学技术研究委员会—布宜诺斯艾利斯大学天文学和空间物理研究所）；A. 洛尔等人；T. 特米姆等人；F. 苏沃德等人；甚大天线阵 / 美国国家射电天文台 / 国际天文学联合会 / 美国国家科学基金会；钱德拉 / CXC; 斯皮策 / 加州理工学院喷气推进实验室；XMM− 牛顿 / 欧洲航天局；哈勃 / 空间望远镜研究所。

轨道天文学

　　大气层形成了一道屏障，可以抵御来自太空的 X 射线、伽马射线和其他高能辐射。因此，从地球上我们只能观察到电磁波谱的几个窗口，包括可见光、无线电波和红外波段的一些部分。为了研究高能辐射，我们必须在高空或轨道上发射望远镜。因此，天体物理学的这个分支相对年轻，因为必须"等待"太空时代的到来。

　　这是 20 世纪 50 年代由两名意大利研究人员布鲁诺·罗西（Bruno Rossi）和里卡多·贾科尼（Riccardo Giacconi）协调的一个团队提出的挑战。罗西在 1905 年出生于威尼斯，1938 年根据种族法离开意大利，次年抵达美

上图　布鲁诺·罗西（Bruno Rossi）。图片来源：麻省理工学院（CC BY-SA 3.0）。

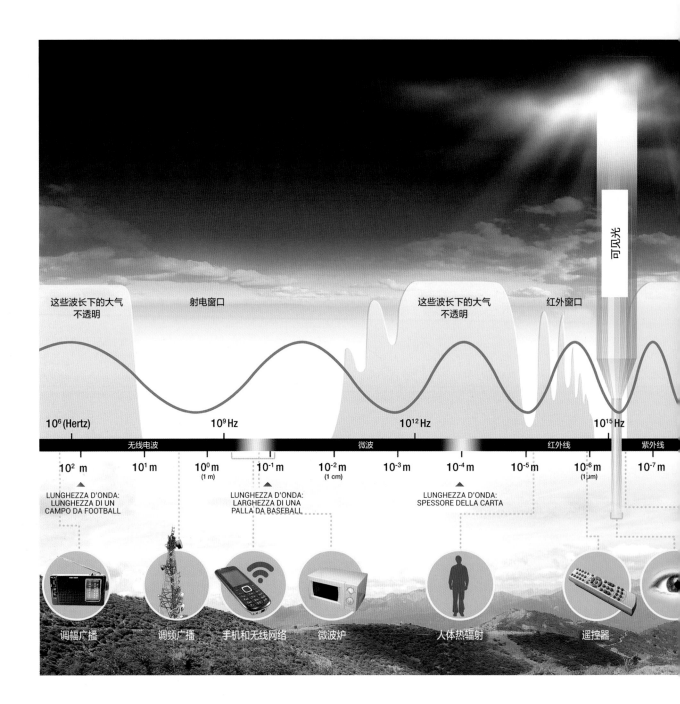

可见光

这些波长下的大气
不透明

射电窗口

这些波长下的大气
不透明

红外窗口

10^6 (Hertz)　　　10^9 Hz　　　10^{12} Hz　　　10^{15} Hz

| 无线电波 | 微波 | 红外线 | 紫外线 |

10^2 m　　10^1 m　　10^0 m (1 m)　　10^{-1} m　　10^{-2} m (1 cm)　　10^{-3} m　　10^{-4} m　　10^{-5} m　　10^{-6} m (1 μm)　　10^{-7} m

LUNGHEZZA D'ONDA:
LUNGHEZZA DI UN
CAMPO DA FOOTBALL

LUNGHEZZA D'ONDA:
LARGHEZZA DI UNA
PALLA DA BASEBALL

LUNGHEZZA D'ONDA:
SPESSORE DELLA CARTA

调幅广播　　调频广播　　手机和无线网络　　微波炉　　人体热辐射　　遥控器

国。贾科尼更年轻，原籍热那亚，1956 年从米兰物理专业毕业后，他移居美国，在普林斯顿大学工作，当时他遇到了罗西，罗西指导他用 X 射线探索天空。

在 20 世纪 60 年代的早期测试中，两人用火箭上的仪器进行了测试，他们得以揭示了第一个 X-射线，其中包括天蝎座的神秘天蝎座 X-1。

天蝎座 X-1 距离我们 9000 光年，是 X- 射线天空中仅次于太阳的最亮的非变源，是一颗中子星形成的奇怪双星系统的产物，它从比太阳小的恒星伴星中吸收物质。中子星上的吸积物质因摩擦而升温

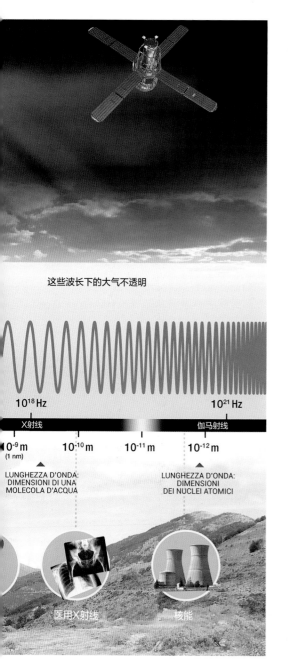

这些波长下的大气不透明

10¹⁸ Hz   10²¹ Hz

X射线   伽马射线

10^{-9} m 10^{-10} m 10^{-11} m 10^{-12} m
(1 nm)

LUNGHEZZA D'ONDA:
DIMENSIONI DI UNA
MOLECOLA D'ACQUA

LUNGHEZZA D'ONDA:
DIMENSIONI
DEI NUCLEI ATOMICI

医用X射线   核能

上图　里卡多·贾科尼（Riccardo Giacconi）。

左图　电磁波谱的不同波段，每个波段都显示了大气的不透明度以及与每个波长范围相关联的物体。只有可见辐射、部分红外线和部分无线电波到达地面。图片来源：science.nasa.gov。

至数百万摄氏度。我们知道，物体发出的电磁波波长越短，其温度越高，在吸积盘极高的温度下，人们相信这种辐射的一部分集中在 X 射线中。

　　另一个非常著名的 X 射线源是天鹅座 X-1，大约在同一时间被发现。天鹅座 X-1 是一个距离我们大约 6000 光年的双星系统，由一颗围绕大约 15 个太阳质量黑洞的蓝超巨星形成。

　　由于 X 射线天体物理学，首次证明黑洞的存在成为可能，直到那时，黑洞一直是纯理论推测的对象。同样，在这种情况下，X 射线的发射与黑洞周围吸积盘的存在有关，在天鹅座 X-1 系统中也有一

在天鹅的心脏

　　天鹅座 OB2 云团包含了天空中一些比较明亮和比较年轻的恒星，它们的质量是太阳的几十倍。其中许多粒子会产生猛烈的粒子风，与发射 X 射线的星际介质发生碰撞。在这张合成图像中，我们看到了轨道天文台钱德拉（Chandra）在 X 射线中捕捉到的区域（红色延展发射和蓝色点），艾萨克·牛顿望远镜在光学中捕捉到的区域（蓝色延展发射），斯皮策太空望远镜在红外中捕捉到的区域（橙色）。

　　图片来源：美国国家航空航天局 /CXC/ SAO/J. 德雷克等人（X 射线）；赫特福德大学 /INT/ IPHAS (H-alpha)；美国国家航空航天局 / 加州理工学院喷气推进实验室 / 斯皮策（红外线）。

对由相对论粒子形成的喷流。这个系统类似于类星体，是在许多星系中心观测到的一类活动星系核。在类星体中，有一个超大质量黑洞，周围环绕着吸积盘和延伸数千光年的喷流。在某种意义上，我们可以说天鹅座 X-1 是一个"小规模类星体"，事实上，天文学家在这种情况下谈论的是微类星体。

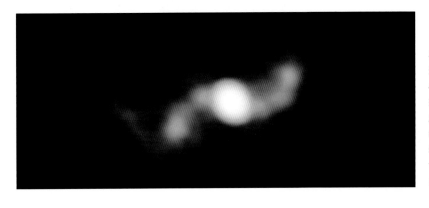
X 射线中的天空

此后不久，里卡多·贾科尼和他的同事设计了一项完全用于 X 射线的太空任务，该任务被美国国家航空航天局批准为"天文小卫星"（Small astronomical Satellite，简称为 SAS）计划的一部分。特别是，贾科尼在第一次实验和随后的项目中对 X- 射线天文学的发展做出了根本性贡献，这项工作使他在 2002 年获得了诺贝尔物理学奖。

1970 年 12 月 12 日，卫星在肯尼亚海岸的意大利圣马可基地发射，为对非洲国家的盛情款待表示尊重，这架望远镜在斯瓦希里语中被称为"自由"（Uhuru）。乌胡鲁的仪器揭示了大约 300 个 X- 射

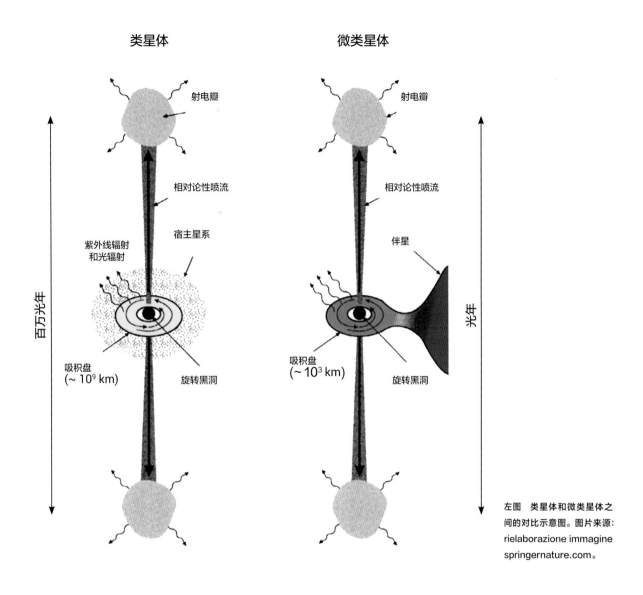

类星体　　　　　　　　　　微类星体

射电瓣

相对论性喷流

宿主星系

紫外线辐射
和光辐射

吸积盘
(~ 10^9 km)

旋转黑洞

百万光年

射电瓣

相对论性喷流

伴星

吸积盘
(~ 10^3 km)

旋转黑洞

光年

左图　类星体和微类星体之间的对比示意图。图片来源：rielaborazione immagine springernature.com。

线源，使天文学家能够识别出不同种类的能够发射 X 射线的天体。

　　X 射线天空开始出现非常重要的源，与通过可见光标准观测所知的源明显不同。例如，前述的天蝎座 X-1 就是所谓"小质量 X 射线双星"（Little Mass X-ray Binary，简称为 LMXB）的一个典型代表，顾名思义，它是由一个致密物体、中子星或黑洞和一颗通常比太阳小的小恒星形成的双星系统。如果恒星伴星质量更大，我们谈论的是大质量 X 射线双星（Huge Mass X-ray Binary，简称为 HMXB），天鹅座 X-1 就是其中的一个例子。

　　还有其他银河系 X 射线源，如脉冲星或超新星遗迹，这些波长的观测有助于更好地理解星云膨胀的动力学。还可以突出显示许多河外源，包括正常星系和几个活动星系核家族，如类星体、射电星系和赛弗特星系，以及星系团的 X 射线。

　　然而，为了加深对 X 射线天空的研究，有必要建立能够收集和聚焦 X 射线的光学系统；这是一项

上图　天蝎座 X-1 的艺术图像，这是一个来自距离太阳系 9000 光年的双星系统，由一颗中子星和一颗质量小于太阳一半的普通恒星组成。图片来源：拉尔夫·斯库夫斯。

左图　1970 年 12 月，布鲁诺·罗西（Bruno Rossi）与美国宇航局（美国国家航空航天局）工程师马乔丽·汤森（Marjorie Townsend）一起在 Uhuru X 射线卫星上工作。图片来源：美国国家航空航天局。

XMM-牛顿，欧洲于 1999 年
12 月发射的空间 X 射线望远镜。
图片来源：欧洲航天局。

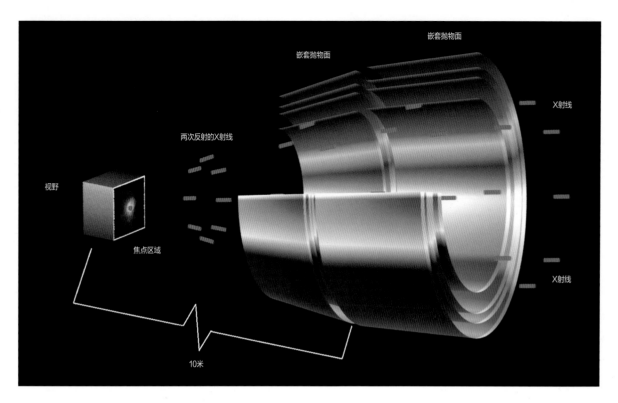

图中文字：
嵌套抛物面
嵌套抛物面
两次反射的X射线
X射线
视野
焦点区域
X射线
10米

上图　掠入射光学系统示意图。图片来源：美国国家航空航天局 / CXC/D. Berry。

艰巨的任务，因为 X- 射线很容易穿过材料，无法被普通镜子反射或被透镜系统汇聚。然而，存在掠入射现象，根据该现象，相对于金属表面以小角度到达的 X 射线被完全反射。与 1978 年 11 月 13 日由美国国家航空航天局发射的爱因斯坦太空望远镜不同，这种全反射现象已经成为 X 射线望远镜建造中的一种标准。光学系统是由一个"洋葱"结构构成的，有许多同心层覆盖着反射材料，如金或铱。

　　除了掠入射光学系统，X 射线望远镜的一个基本部件是探测器本身，它安装在仪器的焦平面上。最广泛使用的探测器是 CCD 相机，与用于可见光天文学的非常相似。然而，也可以使用其他类型的探测器，例如微通道板，由密集的"管"矩阵组成，X 射线进入其中产生可以放大的电信号。

天体物理学 X- 射线（望远镜）四剑客

　　许多重要的 X 射线望远镜，包括美国国家航空航天局的钱德拉 X 射线天文台和欧洲航天局的XMM- 牛顿，在 20 世纪 90 年代和 21 世纪初开始运行。钱德拉的孔径为 1.2 米，为了在 1999 年 7 月 23 日将其送入轨道，需要航天飞机，类似于几年前为哈勃所做的工作。钱德拉配备了一台用于获取图像的 CCD 相机和一套用于进行 X 射线光谱研究的工具。得益于钱德拉，可以实现大约半角秒的角分辨率，这是 X 射线观测的极限值。

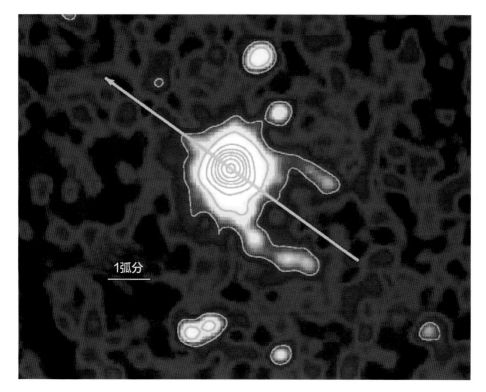

1弧分

　　钱德拉发射六个月后，欧洲也发射了其 X 射线太空望远镜——多镜面 X 射线空间望远镜（XMM-牛顿），该望远镜基于三台 70 厘米望远镜，将 X 射线汇聚在欧洲光子成像相机（European Photon Imaging Camera，简称为 EPLC）上，这是一台超级 CCD 相机。

　　尽管已开展了二十多年的观测，钱德拉和 XMM- 牛顿仍然是高能天体物理学家使用的主要太空望远镜，它们的观测继续产出新的发现。

　　2005 年，朱雀天文卫星也发射升空，这是日本航天局和美国国家航空航天局合作的结果，它对 X 射线光子产生的热量很敏感，朱雀天文卫星一直服役到 2015 年。

　　美国国家航空航天局还在 2012 年发射了核分光望远镜阵（Nuclear Speotroscopic Telescope Array，简称为 NuSTAR），其由两个焦距约为 10 米的掠入射光学器件组成。与钱德拉等大型望远镜不同，由于结构灵活，NuSTAR 的设计在发射时体积较小，（入轨后）可延伸至 10 米。NuSTAR 光学系统和探测器的设计能够以比钱德拉和 XMM- 牛顿更高的能量进行观测，达到约 80keV。

捕获伽马射线

　　就像 X 射线一样，伽马射线不能被简单的镜子或透镜"捕获"。如果 X 射线望远镜与传统望远镜有共同点，那么伽马射线天体物理仪器的工作原理更像粒子探测器。检测这种形式辐射的技术必然不同，

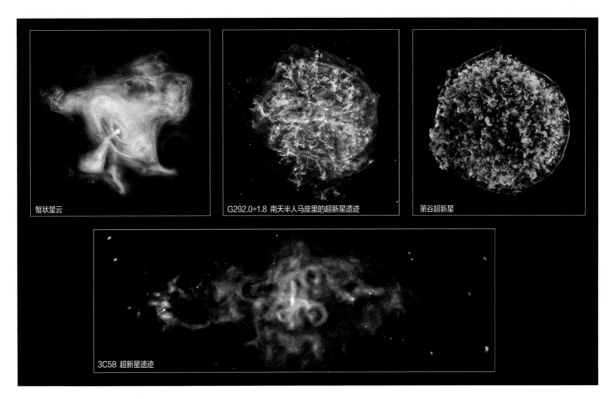

上图　钱德拉太空望远镜用 X 射线拍摄的四颗超新星遗骸拼贴。图片来源：美国国家航空航天局 /CXC/SAO。

因为伽马射线以完全不同的方式与材料相互作用。当我们谈论可见光或无线电波时，伽马射线的行为也与我们习惯的不同。量子力学告诉我们，伽马射线的行为不像波，而是像粒子。这些对应于真正的"光包"的粒子称为光子。伽马光子既不被反射也不被折射，而是倾向于进入并穿过材料。因此，我们需要能够"捕捉"这种辐射并测量其特征（如能量和起源方向）的特殊探测器。

对于能量较低、低于若干 MeV 的伽马射线，主要使用闪烁探测器，即当被伽马射线击中时发出短发光脉冲的晶体。

这就是"探险者"十一号探测器的原理，这是美国国家航空航天局于 1961 年 4 月发射的第一颗伽马射线卫星，在其短暂飞行中成功探测到大约 20 个光子，从而开启了一个新的高能天体物理学窗口。

高能伽马射线以完全不同的方式与物质相互作用。例如，如果一条能量超过几十 MeV 的伽马射线穿过一层材料，它会与原子的电场相互作用，并转化为一对由电子及其反粒子（称为正电子）形成的"对"。这种现象被称为成对产生，是许多观测高能伽马射线的太空望远镜的基础。

这些仪器由一个叫作示踪剂的模块组成，它可以测量伽马射线产生的一对粒子的轨迹。另一个基本部件是量热计，它还可以测定其能量。因此，通过测量电子和正电子的能量与轨迹，可以追踪入射伽马射线的性质。然后，追踪器和量热计被一种由"闪闪发光"材料制成的"毯子"覆盖，称为反入射探测器，它可以清除轨道上比伽马射线丰富得多的带电粒子的基底。

AGILE：意大利制造的伽马天体探测器

意大利处于研究宇宙伽马辐射的前沿。见证这一点的是天体探测器 Gamma a Immagini LEggero（AGILE），这是一颗 X 射线和伽马射线的卫星，由意大利航天局、国家核物理研究所和国家天体物理研究所共同合作而成。AGILE 于 2007 年 4 月 23 日发射，由一对能够探测 30—50 GeV 伽马射线的望远镜和 SuperAGILE 组成，SuperAGILE 是一台

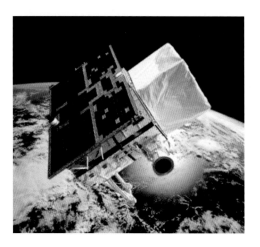

上图　AGILE 卫星。图片来源：foto damedia.inaf.it。

18—60 keV 的 X 射线仪器。虽然比费米天文台小，但 AGILE 的视野大，角分辨率好，可以监测伽马射线源的变化。这次任务使我们有可能做出重要的发现，包括蟹状星云的伽马射线变化和观测新的脉冲星。惯性指向系统故障后，AGILE 于 2009 年 4 月进入旋转观测模式，该模式仍允许对伽马源进行连续扫描和监测。

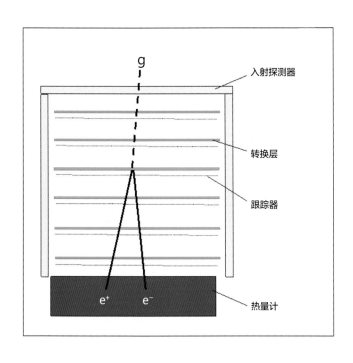

左图　天体探测器原理示意图。

自 20 世纪 70 年代以来，这种探测器就被用于成功的任务，如 1972 年 11 月 19 日由美国国家航空航天局发射的 SAS-2 和 1975 年 8 月 9 日送入轨道的 COS-B，这些任务对天空进行了 6 年的观测。SAS-2 和 COS-B 彻底改变了我们对伽马天空的看法，发现了许多点源（如脉冲星和活动星系核），并在这些波长下探测到延展发射的存在。

黑洞消失在哪里?

　　它的质量应该在 30 亿到 1000 亿个太阳质量之间，但你却找不到它。这是一个奇怪的例子，在距离地球 30 亿光年的阿贝尔 2261 星系团的椭圆星系中心，一个超大质量黑洞"失踪"了。密歇根大学的凯汉·古尔特金领导的一个团队使用钱德拉太空望远镜搜索这个黑洞的 X 射线发射，但没有发现它的痕迹。正如美国天文学会在一份出版物中所讨论的那样，黑洞可能是在与另一个星系融合后消失在太空中的。

　　图片来源：美国国家航空航天局 /CXC/ 密歇根大学 / 凯汉·古尔特金（X 射线）；美国国家航空航天局 / 空间望远镜研究所和日本国立天文台 / 昂星团望远镜；美国国家科学基金会 / 美国国家光学天文台 / 基特峰国家天文台红外观测站。

上图 亚特兰蒂斯号航天飞机在轨道上拍摄的康普顿伽马射线天文台。图片来源：美国国家航空航天局 / 马歇尔航天行中心。

大型伽马射线天文台

美国国家航空航天局与康普顿伽马射线天文台（Compton Gamma Ray Observatory）进行了更深入的伽马天空探测，该天文台是一座总重量为 17 吨的大型天文台。康普顿是迄今为止设计的最重的空间科学仪器，1991 年 4 月 5 日，用了一架航天飞机才将其送入轨道。船上的仪器包括康普顿望远镜（Compton Telescope，简称为 COMPTEL）和定向闪烁光谱仪实验，用于观测一 MeV 至几十 MeV 的辐射。然后是爆发和瞬变源实验（Bcerster And Transient Explorer，简称为 BATSE），致力于研究伽马天空中的瞬变现象，最后是高能伽马射线实验望远镜（Energetic Gamma Ray Experiment Telescqo，简称为 EGRET），这是一种能够在 30MeV 到 10GeV 的能量下进行观测的成对转换望远镜。这四种仪器使研究许多天体的性质成为可能，并产生了新的伽马射线源表，包括 EGRET 的第三个目录。

为了回答康普顿天台遗留的问题，美国国家航空航天局于 2008 年 6 月发射了费米伽马射线太空望远镜（Fermi Gamma-ray Space Telescope, 简称为 FGST）。费米配备了大视场望远镜（Lage

Aren Telescope，简称为 LAT），这是一对转换望远镜，能够研究灵敏度至少比 EGRET 高 10 倍的伽马源。LAT 的大尺寸，几乎相隔 2 米，就可以收集更多的伽马射线。此外，跟踪技术基于硅探测器，与 EGRET 相比，这是一个重要的飞跃，可以实现更好的角分辨率，从而更准确地定位伽马源。与 LAT 在一起的还有伽马射线暴监测器（Gamma-ray Burst Monifor，简称为 GBM），它由一系列闪烁探测器组成，可以研究伽马天空中的伽马暴和其他瞬态现象。

费米是国际合作的结果，是意大利与各国国家核物理研究所、国家天体物理研究所和几所意大利大学合作的结晶。多亏了费米，目前伽马射线的主要轨道天文台，数百篇科学文章得以发表，证明我们对伽马天空的了解已经达到了惊人的成熟的程度。

正如我们将在接下来的章节中看到的那样，费米最有趣的方面之一是它能够持续监测天空，捕捉任何微小的变化，并迅速发现最重要的瞬态现象，为研究宇宙最动态的一面打开了新的基础篇章。

越来越高

从太空中可以观测到能量高达几百 GeV 的伽马射线。为了以更高的能量进行观测，科学家们开发

上图　2008 年 6 月 11 日，费米天文台在卡纳维拉尔角发射升空。
图片来源：美国国家航空航天局 / 杰里·坎农，罗伯特·默里。

上图　发射前测试时在洁净室的费米天文台。
图片来源：美国国家航空航天局 / 金·希弗莱特。

从爱因斯坦到不可思议的绿巨人

为了庆祝这项任务开展十年，费米团队的科学家于 2018 年 10 月根据伽马天空发明了新的星座。与国际天文学联合会的 88 个官方星座不同，这些星群呈现出现代的形象。从爱因斯坦到令人不可思议的绿巨人（用未完成的伽马射线进行实验的结果），再到任务发现和科幻小说，或多或少都有关于伽马射线的戏谑成分包含在内。在 21 个星座中，也有一些代表团队成员所在国家的地标性建筑，罗马斗兽场当然不可或缺！

了一种替代技术，可以将大气本身用作探测器。通过与大气层相互作用，高能量的伽马射线会产生大量粒子和能量较低的电磁辐射。由于粒子以接近光速的速度传播，它们在空气中传播并产生特殊的闪光，称为切伦科夫辐射。俄罗斯物理学家帕维尔·切伦科夫（Pavel Cherenkov）在 20 世纪 30 年代发现了这种类型的辐射，当粒子在介质中以高于该介质中光的速度运动时，就会产生这种辐射。在真空中，光线以每秒约 30 万千米的速度传播，但当它们穿过介质时，速度会变慢，因此比高能粒子慢。利用切伦科夫辐射有可能确定有极高能量伽马射线簇射的存在。

切伦科夫天文台的几个项目就这样诞生了，例如大型大气伽马射线成像切伦科夫望远镜（Major Anmospheric Gamma Imaging Cherenkov Telescope，简称为 MAGIC），这是一对 17 米望远镜，安装在加那利群岛拉帕尔马岛 2200 米海拔处。需要这样大的镜子来捕捉粒子发出的微弱的切伦科夫辐射。在纳米比亚沙漠中，安装了高能立体视野望远镜阵（High Energy Stereoscopic System，简称为 H.E.S.S.），该系统由四个 12 米望远镜组成的网络组成，它们相距 120 米，位于一个平台上，中心是一个直径 28 米的望远镜。最后，甚高能辐射成像望远镜阵（Very Energeric Radiation Imaging Telescope Array System，简称为 VERITAS）是一个天文观测台，有四台直径 12 米望远镜，安装在亚利桑那沙漠约 1200 米高的平台上。

这些超级地面望远镜与太空望远镜合作，使我们能够以最高的能量观察天空，揭示其最暴力和动态的一面。

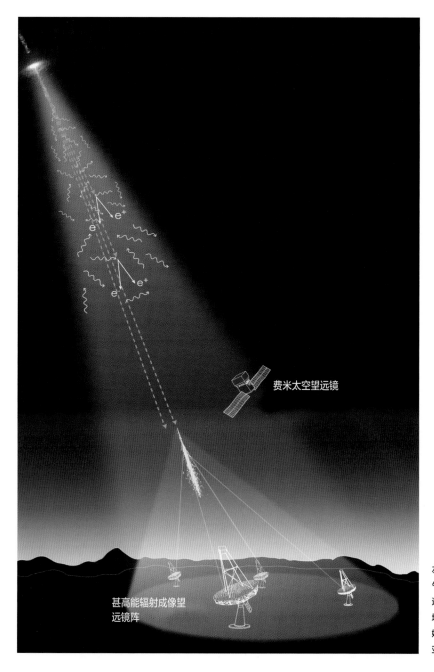

左图　切伦科夫光学望远镜的操作图。进入大气层的高能伽马射线会产生大量的光和粒子，这些光和粒子又会发出切伦科夫辐射，这是由地球上的大型反射望远镜观测到的。图片来源：妮娜·麦克考迪和乔尔·普里马克／加利福尼亚大学高性能天体计算中心。

在纳米比亚的沙漠里

　　高能伽马射线天文台 H.E.S.S.（高能立体视野望远镜阵），安装在纳米比亚沙漠。它由德国马克斯·普朗克研究所运营，由 4 台 12 米宽的望远镜和一台 28 米宽的中央望远镜组成。它于 2002 年开始使用单台望远镜运行，而目前的系统于 2012 年完成。这套仪器可以探测能量范围在 0.03TeV 至 100TeV 的伽马光子。这个名字的首字母缩写是为了纪念奥地利裔物理学家维克托·赫斯，他因发现宇宙射线而于 1936 年获得诺贝尔物理学奖。

　　图片来源：Klepser (CC BY-SA 3.0)。

第三章

变化的天空

许多恒星或星系都有动荡的生命，在极快的时间内或多或少发生光变。研究这些"情绪波动"是复杂的，但在地球和太空上，我们有一大群"哨兵"望远镜时刻处于警戒状态。

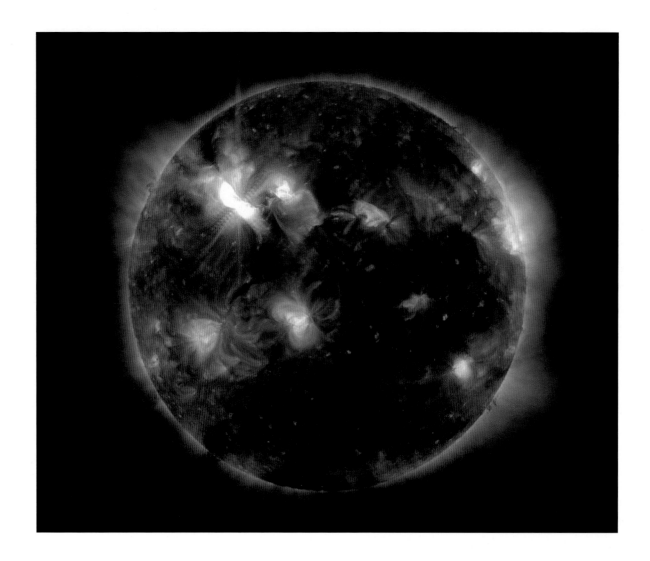

上图 2012年3月7日，美国国家航空航天局太阳动力学天文台在波长为9.4、19.3和33.5纳米的紫外光中捕捉到了壮观的X5.4级太阳耀斑。图片来源：美国国家航空航天局 / 太阳动力学天文台 / 太阳成像组件。

上页图 北极光是太阳活动最壮观的后果之一。2012年3月8日，在一系列强烈的太阳耀斑之后的第二天，这张极光照片是在冰岛法斯克鲁斯福尔的山上拍摄的。图片来源：约尼娜·奥斯卡斯多尔蒂。

2012年3月7日，太阳给了我们一场惊险的表演。在意大利，大约是凌晨一点，一次猛烈的爆炸开始打乱我们恒星的外层，引发了创纪录的太阳风暴。在太阳的眨眼间，一股强烈的粒子风和非常高能量的辐射进入了太阳系，并到达了地球。当我们睡在床上，在大气层和磁层的超级"毯子"保护下安然无恙时，太阳正在太空中释放能量。如果当时我们在那里戴着X射线和伽马射线专用的"眼镜"，我们也许会看到太阳变亮了1000倍，这是好莱坞灾难性电影的完美场景。

幸运的是，有一组卫星为我们观测了这一现象，并记录了每一个细节。其中包括美国国家航空航天局的太阳动力学天文台，太阳动力学天文台专门在可见光和紫外光下观测太阳，以及能够捕获X射线的地球同步轨道环境卫星（Geostationary Operational Environmental Satellite，简称为GOES）。在这些空间"观众"中，当然还有伽马射线费米空间天文台。是费米告诉我们耀斑

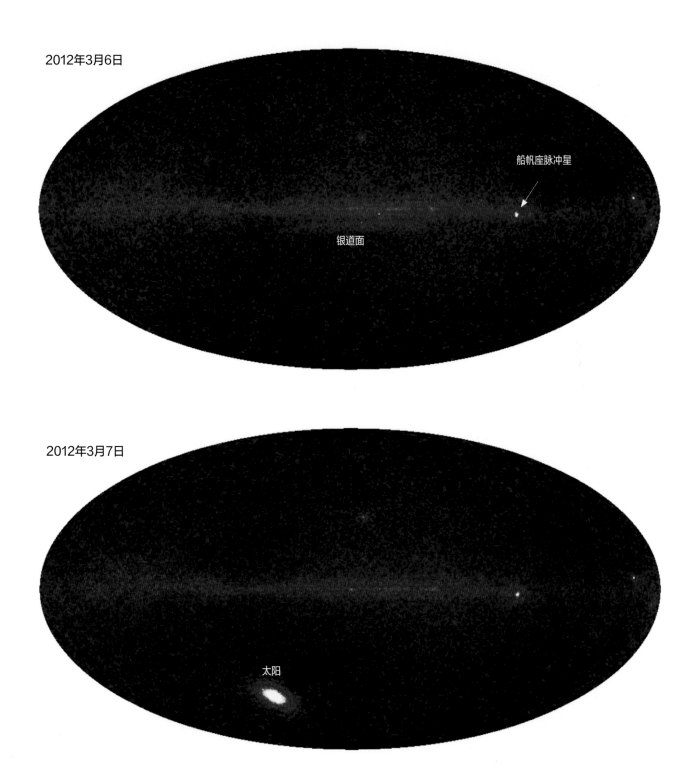

2012年3月6日

船帆座脉冲星

银道面

2012年3月7日

太阳

上图 2012 年 3 月 7 日费米伽马射线天文台拍到的耀斑。你可以清楚地看到太阳，它已经比伽马天空中最亮的船帆座脉冲星亮了 100 倍。

图片来源：美国国家航空航天局，DOE,Fermi LAT 合作组织。

上图　尼尔·盖瑞斯·斯威夫特太空望远镜指向伽马射线暴的艺术图像。
图片来源：光谱天体物理公司。

是多么的壮观，这使得通常在伽马射线中暗淡的恒星，比高能天空中最亮的宝石船帆座脉冲星亮 100 倍。毫不奇怪，天文学家将 2012 年 3 月 7 日的耀斑归类为字母 X，用于标记最强烈的耀斑。但不仅如此，费米空间天文台的仪器使我们能够记录能量约为 GeV 的太阳伽马射线，比可见光高数十亿倍。

　　这种壮观的光芒提醒我们，即使是我们认为非常安静的太阳，在其 11 年的活动周期中也会出现突然的"情绪波动"。但在宇宙中，有一些天体能够表现出更为动态和暴力的现象，因此，现代天体物理学中最有趣的发展之一就是研究天体现象的变化。因此，让我们来探索通常被称为时域天文学的有趣领域。换言之，观察天空的变化。

电影中的天空

　　多亏了地球和太空中的望远镜，我们可以捕捉到天体"不稳定"的行为。我们还知道，剧烈的天体物理现象，如恒星耀斑或超新星，往往会在很短的时间内释放出巨大的能量。为了捕捉这种持续的宇宙变化的短暂的痕迹，例如伽马射线，持续监测天空是很重要的。如果我们能够捕捉到物体亮度的变化，我们就有了一个新的重要工具来建立理论模型，能够描述我们观察到的辐射背后有多少及哪些物理现象。因此，最新一代的仪器配备了大视场，从而可以同时覆盖天空的大片区域。这就是费米太空天文台的情况，其主要仪器大视场望远镜控制着整个天穹的五分之一。当识别出一个重要的现象时，这些工具能够独立地进行后随观测，从而以最佳方式观察有趣的天体。这是美国国家航空航天局于 2004 年启动的尼尔·盖尔斯·斯威夫特天文台（Neil Gehrels Swift Observatory）的强项之一，该天文台旨在研究伽马射线和 X 射线天空中的瞬变现象，首先是伽马射线的神秘闪光，正如我们将看到的那样，伽马射线暴是宇宙中最具能量的现象之一。

时域天文学在研究由持续时间很短的现象（月、日、小时）引起的极高能量的发射时尤为重要。

这是费米空间天文台的优势之一，它不像大多数传统望远镜那样指向天空的不同区域，而是定期对天空进行全面扫描。这种持续监测的结果是天空的一系列图像，显示了持续的变化。换言之，除了相册，我们还可以用伽马射线拍摄天空的真实"电影"，在这部电影中，我们看到许多源的亮度突然发生变化，几天内变得更亮，然后几个月甚至几年内变得暗淡，或者显示出亮度的周期性变化。

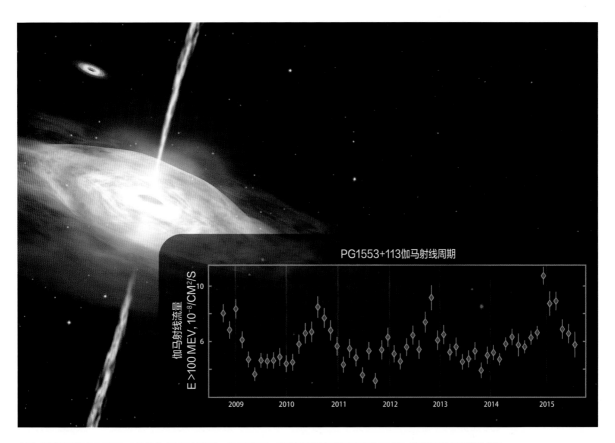

上图　活动星系核 PG 1553+113 的艺术表现（背景），上面叠加了一张显示其伽马射线亮度变化的图表：观察到明显的周期性趋势。

图片来源：美国国家航空航天局的戈达德航天飞行中心 /CI Lab。

宇宙中最强大的加速器

对来自天空的伽马射线的研究揭示了宇宙中强大的粒子加速器。我们知道，这种类型的辐射是在高能带电粒子（特别是电子和质子）形成所谓"宇宙射线"的地方产生的。例如，高能电子穿过被强磁场渗透的空间区域，可以发射一种被称为"同步加速"的辐射，这种辐射可以达到伽马射线的能量。一个例子是由 MAGIC 的切伦科夫望远镜在蟹状星云中观测到的能量超过 25GeV 的星体。

因此，观测天体的伽马辐射也是确定宇宙射线产生和加速地点的一种方法。例如，超新星和活动星系核是巨大的天然粒子加速器，甚至比科学家建造的最大的加速器，如位于日内瓦的欧洲核子研究中心的大型强子对撞机还要强大。

例如，在活动星系核 PG 1553+113 中，就出现了这样的情况，它的亮度以大约两年的周期变化。正如费米团队 2015 年在《天体物理期刊》上的一篇文章中所讨论的那样，这种周期性趋势可能表明，在 PG 1553+113 的中心，存在一对相互环绕的超大质量黑洞。

伽马天空的魅力

2020 年 5 月，仍在费米号上利用大视场望远镜（LAT）仪器做研究的合作伙伴发布了第四个伽马源目录（4FGL），最初基于八年的观测结果，但随后更新了最新数据。在 4FGL 中，除了关于伽马射线的位置和平均光通量的信息外，还有一个真实的观测周期内光度变化的年表，从中不仅可以了解天空中最高能的源类别，还可以了解它们的变化。

离我们最近的是太阳，它通常表现出与宇宙射线和太阳大气相互作用过程有关的宁静辐射，但随着太阳活动的增加，这种辐射会增加。在其 11 年周期中，太阳周期性地"觉醒"，产生大量耀斑，伴随着强烈的 X 射线和伽马射线发射。虽然它们（的来源）还不完全清楚，但可能与太阳磁场释放大量能量有关。月球也会发出微弱的伽马射线，甚至我们的星球也是伽马射线的强发射器。从太空中可以看到宇宙射线与大气粒子相互作用所发出的伽马射线，这些粒子形成了一个"环"，遵循大气层本身的轮廓。与所谓的地球伽马射线闪光（Terrestrial Gamma-ray Flash，简称为 TGF）有关的伽马辐射最近也被发现，即与大气中形成的巨大风暴有关的伽马辐射。

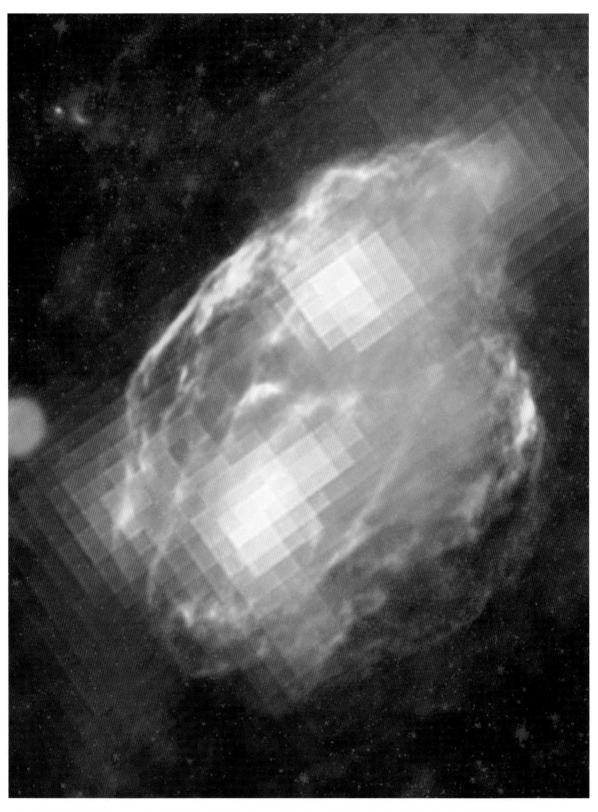

上图　费米拍摄的超新星遗迹 W44 的伽马辐射图像，以品红色表示。伽马辐射叠加在无线电波（黄色）和红外线（红色）拍摄的星云图像上。

图片来源：美国国家航空航天局 /DOE/Fermi LAT 合作组织，美国国家射电天文台 / 意大利天文爱好者联盟，加州理工学院喷气推进实验室，ROSAT。

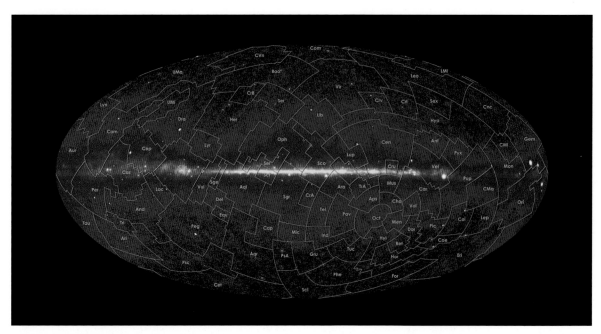

上图　伽马射线中的天空穹顶
能量大于 1 GeV 的伽马射线中的天空。为了让伽马天空更清晰，其上叠加了天球所划分的 88 个星座的边界。
图片来源：美国国家航空航天局 /DOE/Fermi LAT 合作组织。

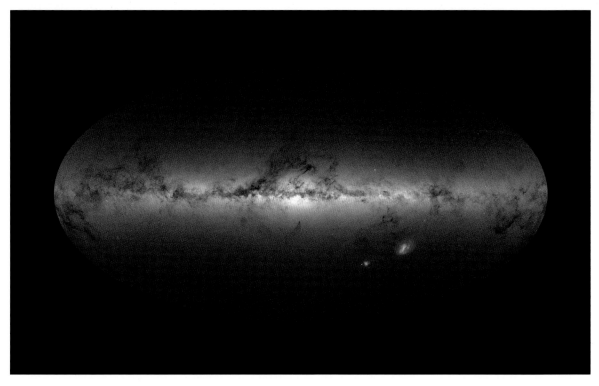

上图　在可见光下的天空穹顶
在这张照片中，一张类似于上一页的全景图，在可见光下，由盖亚卫星拍摄。
图片来源：欧洲航天局 / 盖亚任务 / DPAC, CC BY-SA 3.0 IGO。

创纪录的河外耀发

3C 279 是伽马天空中最著名的河外源之一。它的发射实际上是由一个距离我们大约 50 亿光年的耀变体产生的，它经常表现出显著的光变。2015 年 6 月，意大利卫星 AGILE（紧接着是费米）观测到了一次"超级耀发"，在此期间，耀变体的亮度比伽马天空中最亮的船帆座脉冲星亮 4 倍。在不同的波长下同时观察到这些光变事件，这对于理解表征活动星系核的物理机制非常有用。

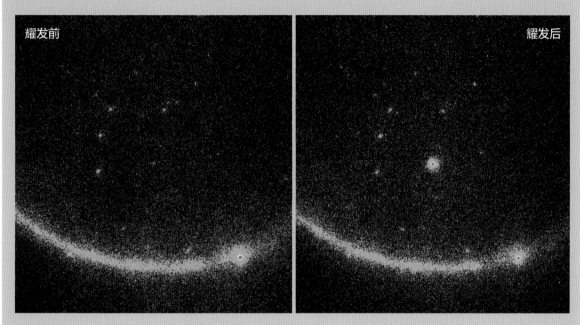

上图　2015 年 6 月 16 日费米观测到的耀变体 3C 279 的超级耀发，这是一个距我们 50 亿光年的活动星系核。
图片来源：美国国家航空航天局 /DOE/Fermi LAT 合作组织。

用伽马射线观测到的天空最迷人的一个方面是，与我们习惯的天空相比，它的多样性很大。除了我们已经讨论过的光变之外，伽马天空并不像我们想象的那样充满了恒星。

相反，正常恒星在这些波长下发出的光非常少，而伽马射线辐射源实际上与死亡恒星有关，例如中子星或黑洞。

我们还发现了脉冲星和伽马辐射超新星的残留物，以及一些大质量的双星系统，包括著名的天鹅座 X-3，它发射的 X 射线是天空中最明亮的来源之一。

费米揭示了其他类型的星系伽马射线源，如来自著名星系仙女座星系和麦哲伦云星系的伽马射线辐射。但我们在伽马天空中看到的点源主要是由于位于遥远星系中心的活动星系核的发射。费米观测到的河外源中最大的一部分实际上是耀变体，这是一类非常明亮的活动星系核，具有很大的光变。对于这些物体，发射被认为与围绕中心超大质量黑洞的吸积盘和从中心喷出的喷流有关，而对于耀变体来说，这些喷流是正面可见的。同时研究不同波长的耀变体耀发对于理解这些宇宙"怪物"是如何运转的非常有

上图　伽马射线暴的艺术表现。
图片来源：美国国家航空航天局。

用。因此，时域天文学最重要的一个方面是开展多波段观测，以跟踪这些光变事件，这些光变事件通常会非常壮观，并使黑洞成为天空中最明亮的光源。

　　在伽马天空中，我们还发现一种延展发射集中在我们的星系平面上，这是由于宇宙射线和星际介质原子之间的相互作用。还有一种辐射分布在整个天空，这主要是由于辐射源太远，无法单独探测到。然而，最有趣的惊喜之一是所谓的"费米气泡"，这是银河平面上方和下方的两个巨大瓣，可能与我们星系中心的超大质量黑洞的活动有关。

闪电猎人

　　在伽马天空的宝石中，当然有伽马暴，伽马射线暴，通常简称为 GRB。20 世纪 60 年代末，美国发射入轨的 Vela 卫星偶然发现了它们，这颗卫星是用来揭示秘密核爆炸（例如苏联的核试验）产生的高能辐射排放的。它们的存在于 20 世纪 70 年代初被正式提出，从那时起，它们一直是宇宙中最神秘、最有趣的现象之一。

　　GRB 与大量能量的发射有关，超过 10^{47} 焦耳，相当于超新星发射能量的数十万倍。观测结果显示了两类主要的伽马暴，第一类由几秒以上的闪光组成。大约三分之一的伽马暴持续时间短于两秒。瞬时辐射，在英语中称为"prompt"，然后是发射的"尾巴"，称为后发光或射电余晖，通常只有较低的

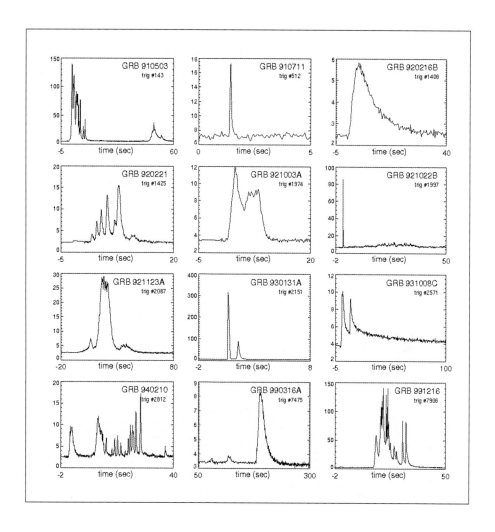

右图　美国国家航空航天局
康普顿伽马射线天文台上的
BATSE 仪器拍摄的一些伽
马暴随时间变化的曲线示例，
在这里你可以看到暴之间的
差异。

图片来源：丹尼尔·珀利。

能量，例如在可见光中。然而，费米和 MAGIC 最近的观测表明，射电余晖的发射迹象一直延伸到伽
马射线。

对 GRB 的系统研究一直很困难：一部分原因是每次暴都与其他暴不同，另一部分原因是这些现象
的出现无法预测，就像超新星发生的情况一样。

在 20 世纪 90 年代，人们有可能理解 GRB 起源于河外。事实上，通过观察它们在天空中的分布，
可以发现它们是均匀的，而不是像我们银河系内的现象那样沿着银道面分布。此外，通过意大利－荷
兰的卫星 BeppoSAX，我们有可能找到 GRB 970228 闪光的余晖，并确定它来自的星系，距离我们
大约 80 亿光年。尽管如此遥远，GRB 看起来（依然）非常明亮，所以很明显，我们正在分析释放非
凡能量的现象。

为了解释 GRB 的发射，已经提出了几种理论模型，包括"火球模型"。在这种情况下，暴源于一
个"火球"，它显然不是由真正的火焰组成，而是由一层层白炽气体以低于光速的速度发射到太空中，
然后发生剧烈爆炸。喷出的类似于超新星的物质，会产生激波，能够产生高能电磁辐射就是我们观察到

的瞬时辐射。

随后，膨胀的物质失去能量，进入星际介质；将导致射电余晖辐射，因为壳层在膨胀过程中损失了能量，所以辐射能量较低。尽管观察结果证实了火球模型的一般表现，但仍有许多方面有待澄清。例如，什么天体物理现象能够产生如此剧烈的爆炸？当天文学家试图解开伽马暴的谜团时，天空中出现了更奇怪的新的瞬变现象。

地外生命和中子星之间

有时，巨大的惊喜隐藏在档案中，等待被发现。2007 年，天文学学生大卫·纳凯维奇（David Narkevic）正在分析从澳大利亚帕克斯的射电望远镜收集的一系列档案数据。在工作过程中，他注意到 2001 年 7 月 24 日出现的一次极短的无线电闪光，持续时间为千分之几秒，似乎来自银河系外的一个遥远的位置。这一偶然发现的奇怪现象成了一系列仍然很神秘的瞬变现象中的第一个，就是广为人知的快速射电暴（Fast Radio Burst，简称为 FRB），即快速无线电闪光。

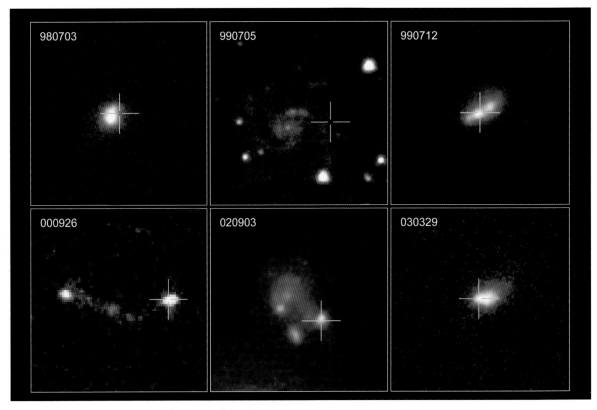

上图　哈勃太空望远镜拍摄的六张照片，显示了伽马射线暴所在的宿主星系中的位置，它们的距离在 20 亿—100 亿光年。这些星系通常是不规则的，中上部的旋涡星系除外。

图片来源：美国国家航空航天局，欧洲航天局，安德鲁·弗鲁切特（空间望远镜研究所），哈勃望远镜伽马射线暴光学研究。

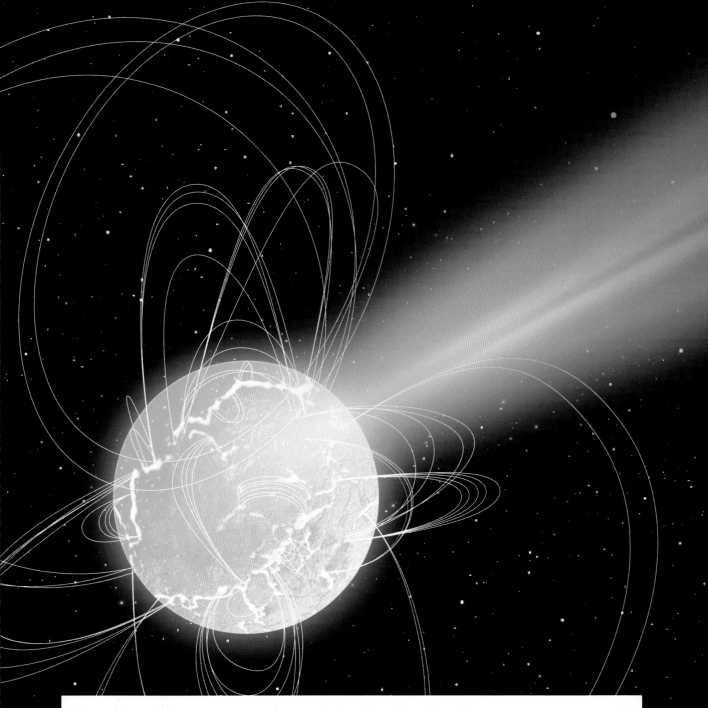

家附近的射电暴

　　2020 年 4 月 28 日，加拿大天文台 CHIME 和美国天文台 STARE2 捕捉到了一个非常短的电波闪光，称为 FRB 200428。这是一个非常有趣的事件，因为它与磁星 SGR 1935+2154 的高能发射同时被观测到，该磁星位于距离我们约 30000 光年的银河系中。正如 CHIME 和 STARE2 的科学家在《自然》杂志上所讨论的那样，对磁星的 X 射线和伽马射线的联合观测强化了这样一个假设，即这些物体是快速射电暴的起源。然而，为了证实这一点，需要从河外源同时进行观测。

　　在这张图片中，科学家们想象中的磁星 SGR 1935+2154，其发射与快速射电暴有关。图片来源：欧洲航天局。

大型大气伽马射线成像切伦科夫望远镜（Major Atmospheric Gamma Imaging Cherenkov，简称为 MAGIC）的设备探测到的伽马射线暴，如图所示。图片来源：加布里埃尔·佩雷斯·迪亚兹，国际航空委员会。

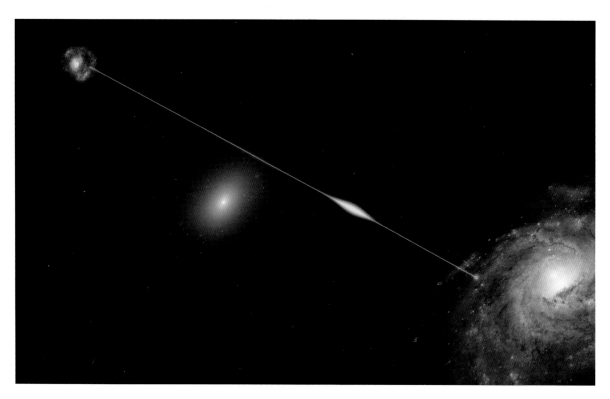

上图　快速射电暴、快速无线电闪光的艺术描绘。图片来源：欧洲南方天文台 /M. 科恩梅瑟。

在接下来的几年里，还发现了其他几次射电暴，其中的主要特性也得到了测量，从非常短的持续时间开始，总是几千分之一秒。虽然目前还不完全清楚什么能产生这些电波，但它们可能与非常强的磁场有关，比如中子星中存在的磁场。特别是，主要的"嫌疑犯"是所谓的"磁星"，即磁场强度比地球强100 亿倍的中子星。为了解释它的起源，甚至怀疑是外星文明所为，理论上它们可以产生像 FRB 这样强大的无线电信号。与伽马暴类似，FRB 似乎也有河外起源，在某些情况下，随着时间的推移，观察到重复的发射，这表明与其说是伽马射线爆发，不如说是耀发现象，伽马暴结束时，源并未被摧毁，而是发生一种与具有非常强磁场的极端致密天体有关的现象，就像中子星。射电暴之谜的解决可能还需要很长时间，需要积累更多的观测数据，因为这些现象持续时间极短，难以研究。

但与此同时，新的研究使我们能够更深入地探究产生伽马暴的源的性质。如果对于长暴来说，最可能的原因是大质量恒星的剧烈坍缩；那么对于短

神奇的伽马暴

伽马暴甚至比你想象的更有活力。2019年 1 月 14 日，位于加那利群岛的大型大气伽马射线成像切伦科夫望远镜（MAGIC）的两台切伦科夫望远镜首次捕获了 TeV 级的伽马射线，即 1000 亿电子伏特。这一事件被称为GRB190114C，由斯威夫特和费米太空望远镜发现。正如 MAGIC 团队在《自然》中所讨论的那样，这种高能伽马射线为理解快速射电暴物理开辟了新的图景。

暴，则会有很大的不同，其可能源于两颗中子星的融合。

2017年8月17日，激光干涉引力波天文台(LIGO)和室女（座）引力波探测器（Virgo）探测到的与引力波信号相关的伽马暴的观测，为这些现象的起源提供了非常可靠的证据。

这是一个非常重要的事件，它展示了电磁波和引力波的联合观测有助于更好地理解伽马暴和其他瞬变天象本质的原因。

来自太空的新消息

事实上，探测引力波最有趣的价值之一是能够在一个全新的渠道中研究宇宙，与我们迄今为止收集到的可见光和其他形式的电磁辐射（从无线电波到伽马射线）相比，能够提供补充信息。因此，引力波是一种新型的"信使"，能够揭示迄今为止仍不可见的宇宙的各个方面的奥秘。如果光可以让我们研究恒星的磁场，或者研究围绕行星系统的星际介质是如何形成的，那么引力波可以让我们了解一个天体由多少物质组成。例如，黑洞有多重，或者构成中子星的气体是如何形成的。当处理最致密和极端的天体

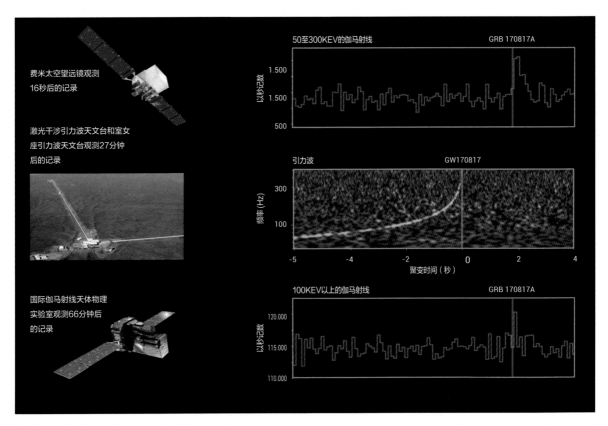

上图　分别由室女（座）引力波探测器（Virgo）和LIGO从地球观测到的以及由费米和国际伽马射线天体物理实验室从太空观测到的被归类为GW170817的引力波事件。

图片来源：美国国家航空航天局。

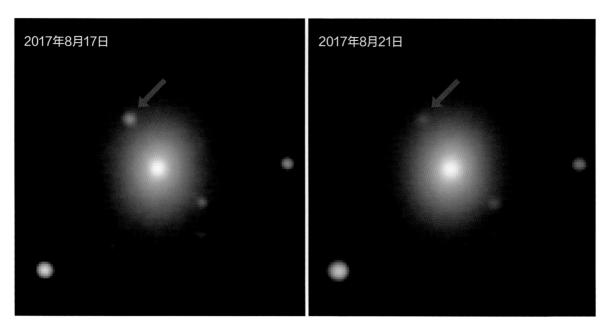

上图　暗能量巡天望远镜拍摄的 GW170817 引力波事件的光学对应图像，与事件发生 4 天后的星系图像进行了对比。

图片来源：1M2H／加州大学圣塔克鲁兹分校卡内基天文台／莱恩·福利。

时，这一方面变得尤为重要，例如黑洞，因为黑洞的密度极高，无法在实验室中进行研究。多亏了引力波，我们还可以对广义相对论进行极其有效的测试，并根据爱因斯坦的理论深入了解我们目前对引力的描述有哪些局限性。

除了在多个波长下研究宇宙外，天文学家随后开始用多信使手段研究宇宙，即将传统望远镜的观测与引力波的观测相结合。

2015 年 9 月 14 日的事件是由两个黑洞产生的，根据理论模型，在这种情况下预计不会发光。但如果碰撞发生在两颗中子星之间，它会产生电磁辐射，随着时间的推移，在不同波长下观测的望远镜也会随后（探测到）电磁辐射。这发生在 2017 年 8 月 17 日，当时 LIGO 和 Virgo 探测器揭示了距离我们 1.3 亿光年的两颗中子星产生的引力波信号。信号一被发现，LIGO 和 Virgo 的自动（预警）系统就告知世界各地的天文学家，它们开始了天文学史上最复杂的观测。

费米号上的伽马射线暴监测器和欧洲空间天文台已经观测到了来自与引力波信号相同的天空区域的伽马暴，这似乎发生在中子星融合后不到两秒钟。毕竟，两个如此罕见的事件几乎同时发生在天空中同一点的概率很低，因此，通过对中子星并合和伽马暴的联合观察，我们可以确认，正是这些巨大的宇宙碰撞引发了短伽马暴。

伽马暴之后，在 NGC 4993 星系中，光学和红外望远镜出现了一个可见的对应物，被认定为千新星，一种亮度介于新星和超新星之间的宇宙爆炸。2017 年 8 月 17 日引力事件的联合观测（GW170817）是天文学在时域发展的里程碑，在许多发现中，它证明了中子星之间的并合是我们在自然界中看到的最有助于形成重元素的现象，例如，金。

除了光波和引力波，科学家们还希望能够探测到来自太空的天体物理中微子信号。中微子是一种极轻的亚原子粒子，仅通过弱相互作用与物质相互作用。通过很小的相互作用，它可以很容易地穿过整个行星并传播到恒星内部最稠密的层中。我们知道中微子是在太阳和恒星内部发生的核聚变的产物之一，科学家们在 20 世纪 90 年代用它们来测试描述恒星内部的模型。

但有了中微子，我们可以做得更多，因为这些难以捉摸的粒子可以教会我们很多关于超新星的运行机制的知识。1987 年 2 月 24 日在大麦哲伦云中爆炸的超新星 1987A 就证明了这一点，从中可以探测到爆炸过程中产生的中微子阵风。即使在几十年后的今天，望远镜仍继续观测 SN1987A，以监测其超新星遗迹的演化。

自 2000 年以来，已经开发了几个项目来捕获高能中微子，包括天蝎座 α 中微子望远镜和南极冰立方中微子天文台（IceCube），它们分别在地中海深处和南极冰层中工作，这代表了中微子天体物理学的前沿。

这些新一代探测器使用水或冰分子作为敏感材料，中微子可以在其中相互作用，从仪器中产生可观测的信号。由于中微子相互作用的可能性很小，导致这种类型的探测器体积很大，如 IceCube 甚至有 1 立方千米。

上图 位于南极的冰立方中微子天文台中心建筑，靠近阿蒙森斯科特站。图片来源：美国国家科学基金会，南极冰立方中微子天文台。

新目光看宇宙

　　科学家们预计，在未来的几年中，所达到的灵敏度将足以探测到高能中微子的新天体物理来源。有了中微子，我们才有可能对天体进行新的观测。中微子探测器也将能够以与引力波探测器类似的方式参与警报系统。

　　这一基于天文台综合网络的新方法将使瞬变现象天文学达到一个新的成熟度，由能够自动检测任何变化迹象并向其他望远镜发送警报的自动系统组成，而其他望远镜又可以自主指向天空。正如我们稍后将看到的，这是最有趣的视点之一，它利用了与所谓的"大数据"世界相关的技术，并正在进入天文学和所有科学研究的领域。

　　虽然时域天文学让我们能够捕捉到越来越多的源演化的细节，比如伽马暴和超新星，但有些科学家希望能够用新的眼光来看待宇宙，能够看到看不见的东西，那部分物质和能量不发光，但却无情地控制着宇宙的演化。

历史性事件

照片的中心是哈勃望远镜于 2017 年拍摄的超新星 SN1987A 爆炸 30 年后的遗迹。围绕其中心区域的环由恒星爆炸前约 20000 年排出的物质组成。自从 1608 年望远镜发明以来，我们的星系中就没有发生过超新星爆炸；之前有用肉眼观察到的先例，分别在 1572 年和 1604 年。SN1987A 是第一颗在望远镜时代爆炸的超新星，它的位置如果不是在银河系，那至少也是在银河系附近。因此，这一事件引起了科学界的极大兴趣。

图片来源：美国国家航空航天局，欧洲航天局 R. 基尔什纳（哈佛－史密森天体物理学中心，戈登和贝蒂·摩尔基金会），P. 查理斯（哈佛－史密森天体物理学中心）。

第四章

寻找暗物质

我们知道宇宙充满了暗物质，但我们对此几乎一无所知。出于这个原因，几个国际研究小组一直在努力揭示它，并最终了解这种神秘的物质形式是由什么组成的。

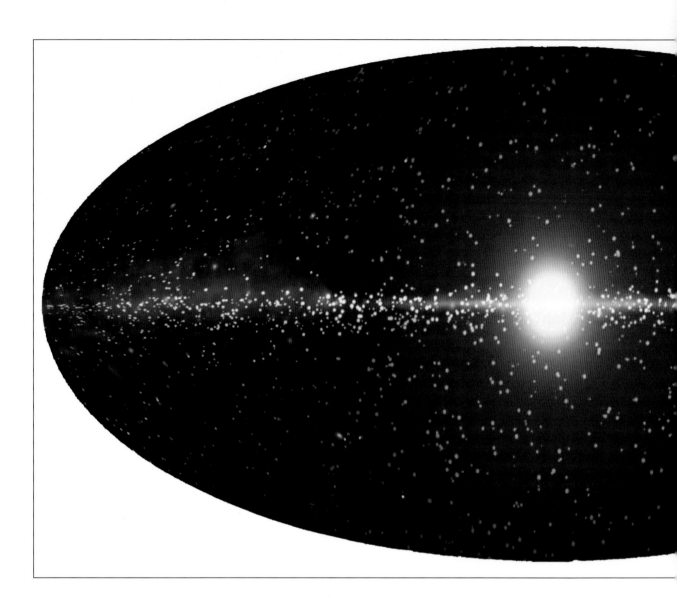

上图　根据几个理论模型，暗物质的存在可以产生集中在银河系中心方向的高能辐射。图片来源：佐西亚·罗斯托福和尼古拉斯·罗德/伯克利实验室；克里斯托弗·戴泽特和本杰明·萨夫迪/密歇根大学；费米大视场望远镜。

上页图　钱德拉太空望远镜拍摄的星系团 Abell 1689。正如 30 年代发现的那样，星系之间的空间不是空的，而是被暗物质填充的。图片来源：美国国家航空航天局 /CXC/MIT/E.–H Peng 等人（X 射线）；美国国家航空航天局 / 空间望远镜研究所（光学）。

研究宇宙最奇怪的方面之一是我们实际上只知道其中的一小部分。如果我们环顾四周，会看到我们房子舒适的墙壁，如果我们透过窗户，会看到其他房子和风景。有人会看到山脉，有人会看到大海，蓝天或乌云密布，太阳、月亮和行星，人、风景、天体。所有这些，加上天空中可观测到的所有恒星和星系，只占整个宇宙的 5%。

对我们来说，这一切似乎很多。然而，正如伟大的天文学家卡尔·萨根（Carl Sagan）所说，我们生活在"悬浮在太阳光线中的一小粒尘埃上"。一个让我们持怀疑态度的图像，但最近的观察结果却证实了这一点。

宇宙的其余部分实际上由大约三分之一的暗物质组成，对其我们知之甚少；而其余部分则由暗能量组成，我们对暗能量的了解更少。然而，如

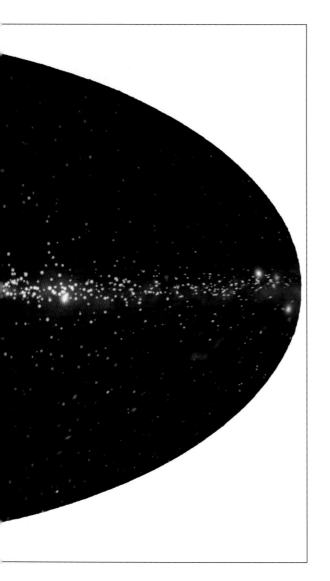

果有一件事我们知道，那就是暗物质和暗能量存在，它们是现代天体物理学的最大挑战之一。

经过几个世纪的研究，意识到我们只知道我们所居住的宇宙的一小部分，这似乎会很失望。但是，相反，对于科学家来说，这是一种刺激，一种挑战，要了解我们无法以任何方式看到或揭示的剩余 95% 是由什么组成的。

多年来，寻找暗物质一直是世界各地几个研究小组的目标。因此，让我们为这段迷人的旅程做好准备：一起去寻找暗物质。

它真的存在吗？

我们可以问自己的第一个合理问题是暗物质是否真的存在。如果我们连它都看不到，我们怎么能这么确定呢？事实上，即使我们不直接看到它，也有几种方法可以注意到它的存在。事实上，如果它被赋予了质量，它就必须受到引力的影响，因此将其"印记"留在普通物质上。这就是我们发现它存在的方式。

20 世纪 30 年代，瑞士天文学家弗里茨·兹威基（Fritz Zwicky）在研究后发现后发座星系团时，惊讶地注意到这个星系团似乎缺乏质量。事实上，使用万有引力定律（位力定理），可以从单个星系的速度开始，推导出它们所属星系团的总质量。另一种显然更简单的方法是计算你看到的星系数量，并将每个星系的估计质量相加。但是，比较这两个结果会给出不同的值。通过考虑星系的发光成分，我们可以获得的质量只是通过计算星系本身的运动获得的质量的百分之几。然后兹威基分析数据，认为存在"缺失"的质量。因此，他经常被认为是"暗物质之父"。

20 世纪 70 年代，美国天文学家维拉·鲁宾（Vera Rubin）做出了重要的证实，她研究了旋涡星系盘中恒星的轨道速度，意识到它们的移动速度比预期的要快。似乎有暗物质晕以某种方式"拉动"了恒星，增加了它们的速度。

尽管观测越来越清楚地证实了暗物质的存在，但仍有人试图对这些现象给出不同的解释。一些科学家没有假设有一种看不见的物质通过自身的引力来影响自己，而是假设引力本身会改变行为。因此诞生

上图 瑞士天文学家弗里茨·兹威基（1898—1974），他是第一个注意到星系团中存在暗物质的人。图片来源：新墨西哥州太空历史博物馆。

上图 莫德海·米尔格罗姆，以色列物理学家，以研究修改的牛顿动力学而闻名。图片来源：魏茨曼科学研究所。

了修改的牛顿动力学理论，或来自英语首字母缩略词的 MOND，由以色列物理学家莫德海·米尔格罗姆于 80 年代初首次引入，莫德海·米尔格罗姆被认为是这种原始引力方法的领导者。根据 MOND 理论，当引力变得非常弱时，它的行为不再由牛顿引力描述，根据牛顿引力，引力的强度取决于距离的平方反比。换句话说，通过将两个物体之间的距离加倍，它们相互吸引的力就变成了四分之一。

而如果像 MOND 理论所表明的那样，引力下降得不那么剧烈，遥远的恒星将继续感受到巨大的力量并更快地移动，就像在旋涡星系中观察到的那样。乍一看，它似乎只是解释特定现象的数学手段，但实际上它是一种替代理论方法，在没有实验证据反驳其有效性的情况下，可能等同于假设"暗物质"。事实上，这种方法存在一些问题：它可以很好地解释星系的旋转曲线，但在其他方面显示出困难，例如解释星系团中的动态变化。

例如，暗物质假说可以解释著名的子弹星系团的观测结果，子弹星系团是大约 40 亿光年外的星系团，大约 1.5 亿年前与另一个星系团相撞。然而，使用 MOND 理论，不可能重现星团中气体，可见质量和非发光质量的分布，这被认为是支持暗物质实际存在的一致观点。

它是由什么构成的？

多年来，已经积累了一些支持暗物质存在的观测结果，但是当我们最终设法揭示其成分时，我们需要有明确的证据，但科学家们还没有明确的答案。

一种可能性是暗物质只是普通物质，主要由原子核的成分质子和中子组成。这种类型的物质，称为"重子"，将构成许多天体，例如褐矮星或黑洞，我们知道它们存在于宇宙中，但不是很亮或完全不可见。在星系晕中发现的一类暗重子天体被称为晕族大质量致密天体（Massive Compact Halo Object，简称为 MACHO）。为了能够识别它们并估计它们对暗物质的贡献，已经设计了各种观测活动。有些人利用微引力透镜现象：通过 MACHO 会弯曲最遥远恒星的光线，导致短暂的变亮。科学家于 20 世纪 90 年代和 2000 年进行了几次基于微透镜的观测，例如光学引力透镜实验（The Optical Gravitationel Lensing Experiment，简称为 OGLE），基于在麦哲伦云方向寻找 MACHOs，或由澳大利亚蒙特斯特罗姆洛天文台进行的 MACHO 项目。一些天体，如褐矮星或红矮星，预计会发出电磁辐射，尽管很少。因此，哈勃太空望远镜的一系列观测是专门为观察这些暗弱天体而设计的。但是，尽管自 20 世纪 90 年代以来，已经发现了一些由大质量物体引起的微透镜现象，但这些物体不足以解释

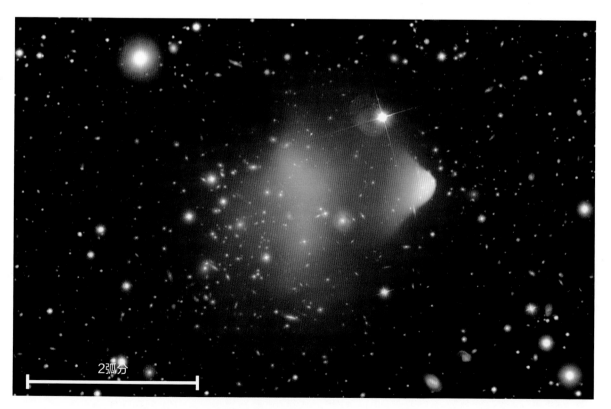

2弧分

上图　从钱德拉太空望远镜和光学望远镜的 X 射线图像中获得的子弹星系团图像。水平条以弧分为单位指示物体的表观大小。图片来源：美国国家航空航天局 /CXC/CfA/M. 马凯维奇等人（X 射线）；美国国家航空航天局 / 空间望远镜研究所（光学）；麦哲伦 /U. 亚利桑那州 /D. 克洛等人。

星系之间的暗风

　　这就像看一面旗帜如何飘扬，并由此了解风如何移动。根据澳大利亚斯威本大学的波尔·古里的说法，这可能是一种"看到"暗物质的新方式。正如 2020 年出版的《皇家天文学会月报》上的一篇文章所解释的，古里及其同事研究了暗物质的存在如何改变了我们看到恒星在星系中运动的方式。暗物质会产生随时间变化的引力透镜效应，这为研究星系的暗面提供了一种新方法。在图像中，围绕星系的暗物质（紫色）由其产生的引力透镜效应而显现。图片来源：斯威本天文制作公司－詹姆斯·约瑟菲德斯。

上图　哈勃太空望远镜拍摄的红矮星图像，一个 MACHO 物体（分类为 MACHO-LMC-5）的例子，位于大麦哲伦云方向 1800 光年之外。图片来源：美国国家航空航天局，欧洲航天局和 D. 本尼特（圣母大学）。

宇宙中的所有暗物质。

　　此外，如果所有暗物质都是重子类型，则有必要回顾大爆炸的核合成理论，即在大爆炸历史之初，第一批化学元素的原子核是如何形成的，尤其是与宇宙中产生最轻元素有关的方面。目前的模型很好地解释了观察到的重子物质的数量，但很难解释比所有暗物质都是重子所需的丰度大六倍的丰度。根据迄今为止收集到的观察结果，从本质上讲，MACHO 似乎可以对宇宙的暗物质做出贡献，但只能起到几个百分点的作用。

　　观测宇宙微波背景的卫星进一步证实了基于 MACHO 观测的结论，例如分别于 1989 年和 2001 年发射的宇宙背景探测器 (COsmic Background Explorer，简称为 COBE) 和威尔金森微波各向异性探测器 (Wilkinson Microwave Anisdropy Probe，简称为 WMAP)，以及最近欧洲卫星普朗克的观测。多亏了这些卫星，可以从观察宇宙背景辐射的特征开始测量宇宙中存在的暗物质的比例，被认为是大爆炸的"回声"。此外，最近的一些研究表明，引力波还可以帮助发掘有关暗物质的新线索，但这是一个仍有部分地方未被探索的领域。

　　由于这些原因，当前许多研究项目都针对一种具有某些精确特征的物质，这与我们通常处理的重子物质截然不同。

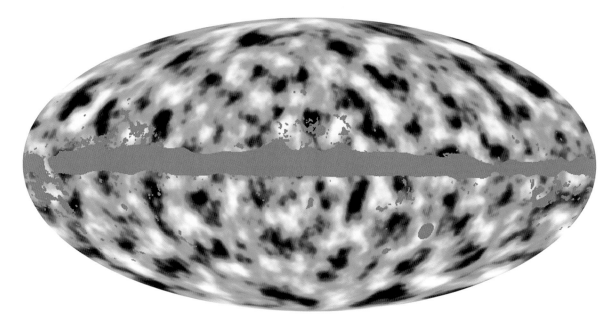

上图 欧洲普朗克卫星数据中暗物质在宇宙中的分布。深蓝色区域代表暗物质增厚的区域。在中心的灰色天空中，没有任何信息，因为在该区域，银河系平面产生的背景辐射阻止了数据分析。图片来源：欧洲航天局，普朗克协作组。

黑砖

谈到"异国情调"的物质，科学家们几乎不会想到马尔代夫或塞舌尔的海滩。撇开玩笑不谈，奇异物质是一种我们未知的物质，例如，它在当前的基本粒子标准模型中找不到空间，它基于大量的粒子、费米子和玻色子，可以解释其组成物质和基本的相互作用。

要假设一个不同类型的粒子，起点可以是尝试想象它应该具有什么特征。首先，正如观察所表明的那样，它必须（具有）很弱的相互作用，而且基本上只能通过引力相互作用；其次，为了对宇宙中的物质做出重大贡献，这个假设的粒子必须具有非常高的质量；并且，如果我们假设一个较轻的粒子，我们必须假设它在宇宙中非常丰富；最后，肯定也是很重要的，这个粒子必须是稳定的，也就是说，它不

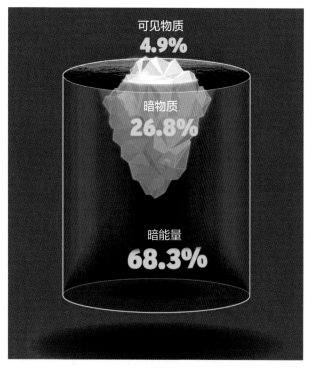

上图 宇宙中可见物质、暗物质和暗能量的比例。图片来源：英国科学技术设施委员会 / 本·吉利兰德。

引力波狩猎

引力波可以为我们提供一个新的"渠道"来寻找暗物质粒子。

一种可能的情况是观察原始黑洞的引力波发射，这些黑洞诞生于大爆炸后立即出现的时空波动，今天可能导致暗物质。然而，根据一些理论著作，这些黑洞的总质量似乎不足以解释宇宙的"黑暗"部分。然而，有新的有趣的研究出现，根据这些研究，旋转黑洞周围暗物质的存在可能会产生引力波的发射，这可能有助于解释所谓的"随机背景"，即来自天空各地的连续引力波背景发射。通过详细分析这种发射，有可能显示暗物质粒子的存在，特别是轴子。根据其他理论工作，轻暗物质的存在也可能影响回荡的引力发射，即黑洞或中子星合并后的阶段，即使其影响非常小。

然而，除了大质量粒子之外，还有一些理论预测弱相互作用的较轻粒子，包括轴子，其质量比电子小数百万倍。

在冷暗物质和热暗物质之间还有一个中间假设，或者说是"不冷不热"的假设，它可能是由一种假设的弱相互作用中微子形成的，称为"惰性中微子"。

这些粒子中哪一个可能是解释暗物质的"正确"粒子？它也可能由所有这些粒子的混合物组成，因此，几个研究小组开发了各种类型的实验，以使用互补的实验策略来研究它们。

会衰变为其他更轻的粒子。这一要求非常重要，因为宇宙学模型表明暗物质形成了宇宙的第一代结构。

为了在粒子中寻找——现有的和假设的——那些具有"正确"特征的粒子，物理学家选择了一个实际上可能有助于宇宙中观察到的暗物质彼此均衡的系列（解释）。

例如，中微子是最初被确定为可能候选的粒子之一，因为它们数量众多且相互作用很少；并且它们的质量非常小，刚好超过零，它们可以以非常快的速度在太空中疾驰而过。因此，中微子可能是"热"暗物质的候选者，其中这个术语并不严格指称它们的温度和速度。然而，根据宇宙学模型，炽热的暗物质似乎不允许小结构的发展，然后这些小结构会通过并合聚集成更大的结构。这就是所谓的"自下而上的宇宙学图景"背后的观点，根据这种观点，我们在当前宇宙中观察到的大尺度结构，例如星系团和超星系团，是由较小的系统聚合形成的，在大爆炸之后的数亿年，诞生了这些天体系统。（与上述热暗物质模型）相反的是，支持这种情况的普遍假设是"冷"暗物质，也就是说，速度较慢（的暗物质）；对于此类型，也有一些候选粒子。

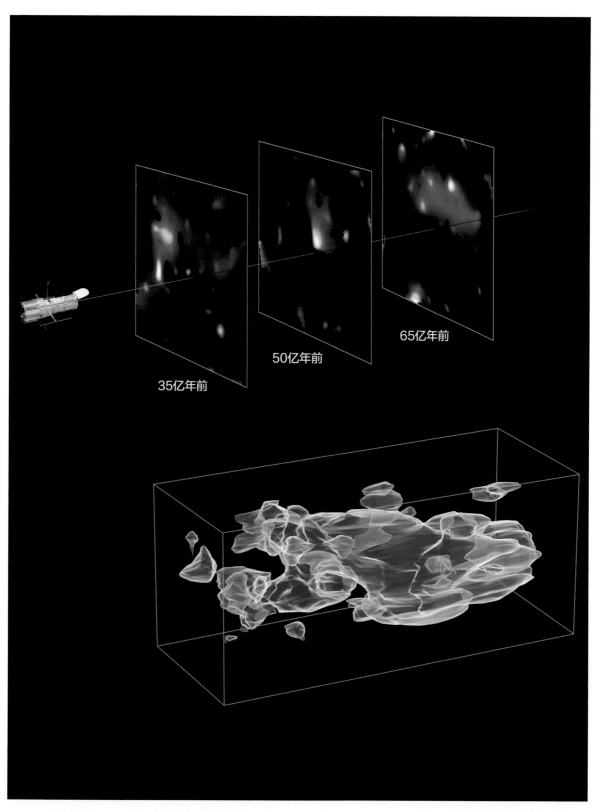

35亿年前

50亿年前

65亿年前

上图　自下而上的等级形成情景，由对最遥远的星系结构的观测支持（上图），表明存在冷暗物质（下图）。图片来源：美国国家航空航天局、欧洲航天局和 R. 马西（加州理工学院）。

那里有（暗）物质吗？

艺术家绘制的吸积盘所在的黑洞图像。根据最近的一些理论，如果在旋转黑洞附近的区域存在暗物质，这可能会引起引力波的发射，从而揭示它的存在。图片来源：美国国家航空航天局／加州理工学院喷气推进实验室。

第一个选择是 WIMP，即弱相互作用大质量粒子，在所谓的"超对称"理论中假设的弱相互作用大质量粒子，这是一类旨在扩展标准模型的理论。无须过多详细介绍，在超对称的背景下，我们知道每个粒子都会有一个超对称伙伴，或具有某些特征的假设粒子。其中，冷暗物质的一个极好的候选者是标量中微子，它是中微子的不对称伙伴，其质量可能是质子的 10 倍。正如我们将看到的，一些间接暗物质搜索策略旨在寻找中性素的踪迹。

直接研究

第一种方法是尝试通过与普通物质的相互作用，直接探测暗物质粒子的通过。即使我们看不到它，但实际上也必须承认，我们每时每刻都被连续的暗物质穿过，我们当然不会注意到这一点，因为它几乎不与我们相互作用。在世界各地，致力于捕获暗物质与特殊探测器之间每一次微小相互作用的痕迹的探测器正在工作或正在建设中。这种方法的主要问题是将暗物质产生的信号与杂散噪声产生的信号

上图　格兰萨索国家实验室的表面部分。图片来源：TQB1（CC BY-SA 3.0）。

上图　CRESST 实验的探测器。图片来源：马克斯·普朗克物理研究所。

欢迎来到暗物质日！

　　暗物质也有自己特殊的日子，确实，不止一个。2020 年 10 月 31 日，世界各地的物理实验室庆祝了新一期的暗物质日，这是一个致力于暗物质研究的活动日。

　　由于 COVID-19 大流行，会议从 10 月 26 日开始以线上方式进行。包括处于寻找暗物质最前沿的意大利，也参加了在热那亚科学节之际提出的一项倡议。2020 年和前几年提出的所有活动都可以在 www.darkmatterday.com 网站上进行。

　　另一类用于直接搜索暗物质的探测器利用惰性气体（主要是氙气）内的相互作用，该气体应产生微弱的紫外线闪光，可以用被称为"光电倍增管"的适当仪器进行检测。除了光信号外，WIMP 粒子还可电离氙原子，产生可以收集和测量的电子。从光和电离信号的形状来看，科学家们希望在众多噪声信号中区分暗物质粒子的通过。在该类别中最先进的实验中，有安装在格兰萨索的 XENON1T，由 3 吨氙气组成，在 2020 年发现了新的有趣结果，现在科学家正在审查一个新的信号。

　　相反，DarkSide 实验提出了另一种方法，其名称肯定令人回味，它使用液体氩气探测器而不是氙气。

　　在格兰萨索实验室安装了一系列带有 10kg 和 50kg 氩气的探测器原型之后，与 DarkSide 合作已经开始开发 DarkSide-20k，这是一种包含 20 吨液态氩气的新一代探测器。

区分开来，类似于我们在引力波探测器上看到的信号。为了实现这一目标，这些实验建立在地下实验室中，这些实验室有有效的天然屏障，可以抵御宇宙射线，这是一种烦人的背景源。国家核物理研究所的格兰萨索国家实验室是此类实验室的前沿例子，可用于不同实验的体积近 20 万立方米。除了格兰萨索国家实验室，地下实验室也在世界各地建立，如美国南达科他州的桑福德地下研究设施（Sanford Underground Research Facility，简称为 SURF），或四川山区中的中国锦屏地下实验室。

然而，仅仅进行深入的实验是不够的。出于这个原因，研究人员试图通过不同的方法识别粒子的通过，例如测量暗物质粒子在冷却到几乎绝对零度的材料中沉积的能量。其中包括使用超导温度计进行低温稀有事件搜索的实验，该实验也在格兰萨索国家实验室开展，并在绝对零度以上千分之几摄氏度运行。暗物质粒子的通过应该导致探测器中沉积非常少量的能量，从而改变超导材料的电阻。2019 年 11 月，包括意大利在内的 CRESST 合作组织发布了该实验的最新结果（CRESST-III），该实验于 2018 年开始收集数据。尽管没有检测到任何暗物质粒子，但仪器的灵敏度大大提高，允许在更大质量范围内捕获粒子。

间接研究

除了直接寻找暗物质之外，一种非常有前途的方法是间接研究，即研究暗物质粒子衰变或湮灭的产物。在这些产品中，可以有中微子、高能伽马射线、宇宙射线等，当然也可以使用合适的探测器，即使它们的主要目的不是探测暗物质。

至于中微子，人们认为它们可以在暗物质粒子与它们的反粒子相互作用时产生，湮灭自己（即彼此解体）。在这种情况下，可以产生伽马射线和高能中微子。要观察这些中微子，你不需要看得很远，只要观察太阳和地球。事实上，在这两个天体中，它们预计不会产生与重子物质相关的非常高能量的中微子。因此，如果我们从它们身

华丽七人组和轴子

这听起来像是一部新西部电影的名字，但它是伯克利大学一个团队在《物理评论快报》上发表的研究结果。通过观察一小群高度磁化的中子星（称为"华丽七星"）科学家们假设由于轴子的存在，可以捕获到过量的 X 射线。由于这些恒星的强磁场，在星周环境中发现的暗物质会转化为 X 射线和其他形式的光辐射，如钱德拉和 XMM- 牛顿等太空望远镜可见。

上观察到高能中微子，它们很可能是由暗物质的湮灭产生的。目前的中微子探测器，包括超级神冈中微子探测器（Super Kamiokande），深海中微子望远镜（ANTARES）和南极冰立方中微子天文台（IceCube），对此进行了研究。虽然到目前为止还没有发现任何信号，但获得的结果使得缩小暗物质粒子质量的可能值的范围成为可能。除了太阳和地球，银河系的中心也可能是寻找暗物质中微子的地方。为此，深海中微子望远镜的团队和南极冰立方中微子天文台在 2020 年合作进行了一项系统研究，获得

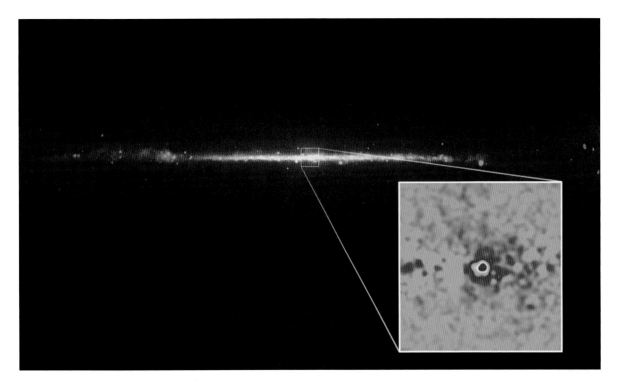

上图　费米太空望远镜拍摄的伽马天空图像。在方框里，银河系中心方向的伽马射线明显过量，被解释为暗物质存在的可能信号。图片来源：美国国家航空航天局 /T. 林登，芝加哥大学。

了有关我们银河系中暗物质速度分布的新线索。

　　银河系中心是一个非常有前途的区域，也是寻找暗物质湮灭产生的高能伽马射线的区域。事实上，在银河系的中心，很可能有暗物质的集中，从而观察湮灭产物的可能性会增加。利用费米太空望远镜的数据，在银河系中心的方向检测到强高能伽马射线。暗物质的湮灭无疑是解释这种发射的最有趣的假设之一，然而，必须将其与费米太空望远镜在其他区域观察到的暗物质潜在来源进行比较。其中包括银河系周围的矮椭球星系，这些星系应该由暗物质主导，并且包含很少的天体物理伽马射线源。2015 年对25 个矮星系进行的一项研究显示，没有与暗物质相关的发射迹象，但积累更多数据可能会揭示更多证据。除了费米太空望远镜之外，地基伽马射线望远镜，包括切伦科夫探测器，如 MAGIC，VERITAS或 H.E.S.S.，也有研究暗物质的特定程序。超高能量探测器 HAWC 也用于此类研究。

　　寻找这种难以捉摸的物质形式的另一个重要"渠道"是宇宙射线，也是暗物质可能的二次产物之一。

　　特别是，PAMELA 宇宙射线卫星的一系列测量表明，高能量的正电子（电子反粒子）过多，国际空间站上的阿尔法磁谱仪（Alpha Magnetic Spectrometer，简称为 AMS）实验获得的测量结果证实了这一点。同样在这种情况下，除了暗物质之外，可能还有更多"常规"的解释，基于天体物理来源的存在，例如附近的脉冲星，能够产生观察到的过量粒子。在没有明确的实验证实的情况下，该领域仍然存在一些或多或少的暗示性假设。

上图　HAWC 实验室蓄水装置。每个水箱直径 7.3 米，高 5 米，装满 188000 升纯净水。图片来源：Jordanagoodman（CC BY-SA 4.0）。

拓展阅读
超级伽马射线猎鹰

捕获非常高能量的伽马射线以寻找暗物质的线索，是高海拔水切伦科夫实验的任务之一，该实验室是一个安装在墨西哥谢拉·内格拉火山海拔 4100 米处的宇宙射线和伽马射线天文台。HAWC 是美国和墨西哥研究所合作的结果，它由一系列 5 米高的蓄水池组成，里面装满了纯净水。进入大气层后，宇宙射线和伽马射线会产生一群粒子，这些粒子穿过水，产生特殊探测器观察到的切伦科夫光。

该实验于 2013 年开始收集数据，此后开始观测来自各种宇宙来源（如活动星系核和超新星遗迹）的最高能量发射。2020 年 1 月，HAWC 团队在《物理评论快报》上发表了一篇论文，显示了 9 种能够发射能量大于 56 TeV 的伽马射线的源的发射。伽马射线可以指示宇宙射线的产生和加速地点。此外，HAWC 看到的伽马射线使得迄今为止在银河系中心、矮椭球星系和室女座星系团中寻找暗物质的间接痕迹成为可能。

从恒星到加速器

寻找暗物质粒子是现代物理学中最迷人的领域之一，也是一个还没有赢家的挑战。为了探测到这种难以捉摸的物质，一种可能的方法是尝试在实验室中生产它。更准确地说，产生奇异的粒子，这些粒子可能成为暗物质的具体候选者。因此，大型粒子加速器，如日内瓦欧洲核子研究中心的大型强子对撞机（Large Hadron Collider，简称为 LHC），是搜索标准模型未预见到的粒子的活跃仪器。当然，由于它们的相互作用很少，而不易检测到它们的存在，这些粒子可能被检测到不存在；或特别奇怪的碰撞，其中只观察到碰撞中产生的少数粒子，而其余的能量似乎已经消失在稀薄的空气中。由于我们知道能量是守恒的，这种"消失"可以提供一种粒子已经逃脱我们的提示。这听起来像是一种奇怪的方法，但这就是其他粒子的假设和发现方式。高亮度大型强子对撞机项目计划在 2027 年左右将欧洲核子研究中心加速器提升到更高的性能水平，这可以允许在更广泛的质量范围内观测粒子（包括暗物质）。

对于暗物质研究以及其他研究领域，实验正在积累大量数据，拥有先进的系统来处理它们并使他们变得越来越重要。因此，现代天文学的巨大挑战只有在强大的超级计算机的帮助下才能克服，超级计算机是研究宇宙的下一个伟大盟友。

上图　日内瓦欧洲核子研究中心大型强子对撞机 27 千米长的大型环的开发。这些名称对应于位于地下约 100 米的加速器路径上的不同实验。图片来源：欧洲核子研究中心。

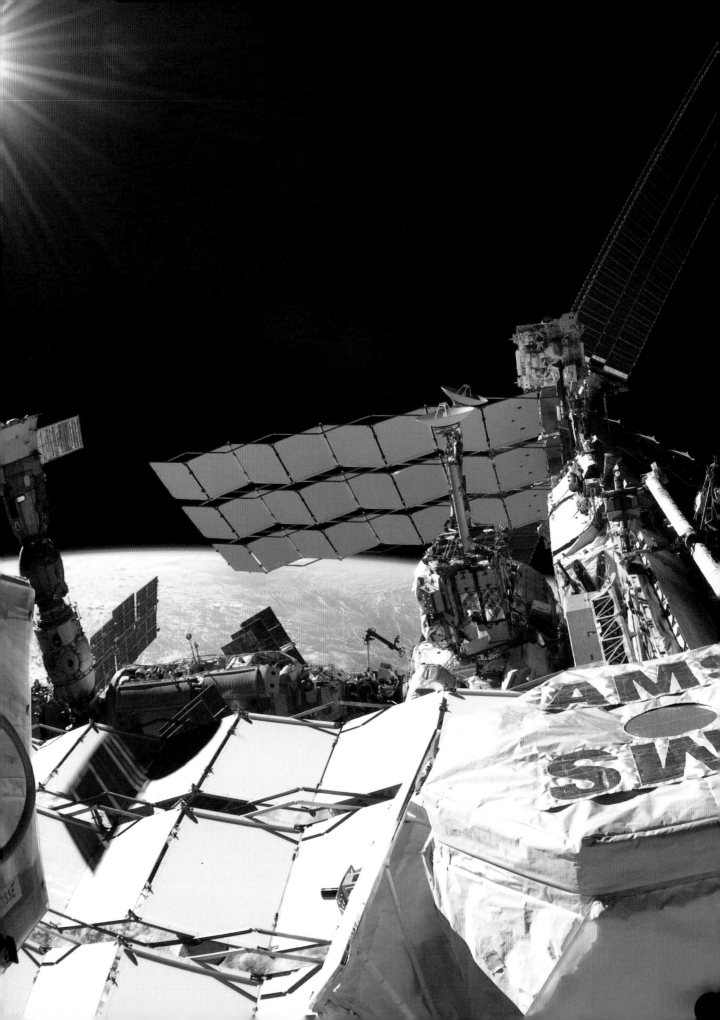

太空行走

安装在国际空间站外的阿尔法谱仪实验。2019 年底，由于卢卡·帕尔米塔诺（Luca Parmitano）和他的美国同事安德鲁·摩根（Andrew Morgan）进行的一系列"太空行走"，该仪器得以修复。图片来源：美国国家航空航天局。

第五章 大数据的挑战

现代望远镜产生越来越多的数据，这
些数据越来越难以传统方式进行分
析。但今天，研究人员可以依靠新的
信息技术，也可以依靠全世界数百万
爱好者的贡献进行有效的分析。

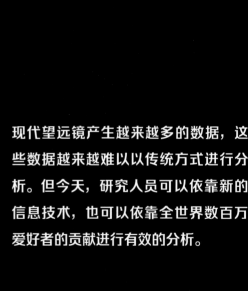

上图 帕洛玛山天文台的反射望远镜塞缪尔·奥斯钦（Samuel Oschin），观测者与它一起进行了帕洛玛天图巡天观测，90年代摄制了第二版，称为POSS-II。图片来源：帕洛玛/加州理工学院。

当你阅读这段话时，你周围的世界正在以疯狂的速度进行通信。比如计算机正在和其他计算机通信，手机正在与其他手机通信，以及正在互联网上播放的流媒体视频。数字通信持续不断，虽然我们听不到，但它们却从未停止。相反，它们每分钟都在不断增长。根据流行的 towardsdatascience.com 网站，地球上的每个人平均每秒产生近2兆字节的数据。换句话说，在短短5分钟内，我们的数据就填满了一张CD。令人印象深刻的数字，注定会增长。据估计，数字档案中90%的数据是在过去两年中产生的，为了量化地球上数据的总"遗产"，我们使用真正的天文数字，以泽字节为单位，相当于10亿TB，每TB又相当于1024GB。出于这个原因，我们越来越多地听到用"大数据"来指代不断增长的数据量。

除了令人印象深刻的数字之外，这场数字革命与宇宙研究有什么关系？正在触及我们生活方方面面的数字浪潮也已成为科学研究领域的现实。目前正在运行和正在建造的下一代仪器以惊人的速度产生数据，迫使科学家使用新的分析方法，以便能够更有效地提取信息。

在本章中，我们将探讨天文信息学最有趣的方面，这是一个跨学科的研究领域，使用最新的计算机技术来解决与宇宙研究相关的问题。这段旅程的起点显然是天文数字的大数据。

上页图 位于夏威夷群岛哈雷阿卡拉火山顶峰的Pan-STARRS1望远镜的圆顶。每天晚上，都会通过它的观察产生数TB的数据。图片来源：罗布·拉特科夫斯基。

上图 Palomar 数字化巡天 II 图像中的玫瑰星云 (NGC 2237)。它距地球 5200 光年。图片来源：美国国家航空航天局、DSS-II 和 GSC-II 联盟（来自帕洛玛天文台）。

大项目，大数据

天文大数据——也就是今天天文学家可以获得的海量数据——从何而来？首先，我们要考虑大的巡天项目，也就是对整个天空，或者其中很大一部分的系统观测。近几十年来最著名的项目之一是第二次帕洛玛天图调查 (POSS-II)，其中包括使用帕洛玛山天文台的 1.22 米 Oschin 反射望远镜对北天进行

的完整测绘。这些图像的结果，每张覆盖 6 度半的天空，经过扫描和校准，产生了大约 3TB（1TB 等于约 1 万亿字节）的数据，用于 Palomar 数字化巡天 -II。几 TB 的数据量在 2000 年初期无疑是相当可观的，但绝对低于另一个下一代巡天项目斯隆数字巡天产生的结果。斯隆数字巡天项目于 2000 年开始收集数据，使用在新墨西哥州阿帕奇天文台安装的 2.5 米反射望远镜进行观测。与此类项目一样，研究人员发布的星表随着新观测的积累而不断更新和完善。该项目基于自动处理数据的分析系统，不仅生成北天超过 10 亿个天体的图像天空，还有数十万个星系、类星体和其他类型的活动星系核的高质量光谱。这些数据会定期在一系列称为数据释放的事件中公开，其中第一次（数据）发布于 2003 年，而最近一次（第十六次）由斯隆数字巡天团队于 2019 年 12 月发布。目前，该项目处于第四阶段，并继

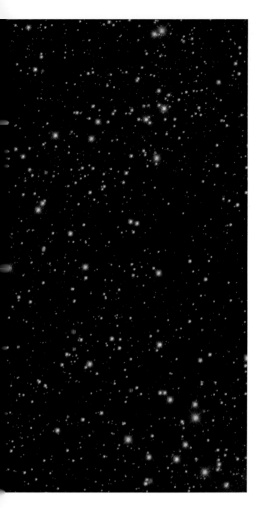

计量单位

计算机内存的测量单位是字节，由 8 位数字组成。位表示数字信息的最小量，通常允许取值 0 或 1。但是，字节太小，无法表示现代计算机的内存量。为此，我们使用其倍数，如下表所示：

名称	符号	倍数
chilobyte	kB	10^3
megabyte	MB	10^6
gigabyte	GB	10^9
terabyte	TB	10^{12}
petabyte	PB	10^{15}
exabyte	EB	10^{18}
zettabyte	ZB	10^{21}
yottabyte	YB	10^{24}

上图　取自斯隆数字巡天的天空区域 Survey-II。图片来源：罗伯特·拉普顿和斯隆数字巡天。

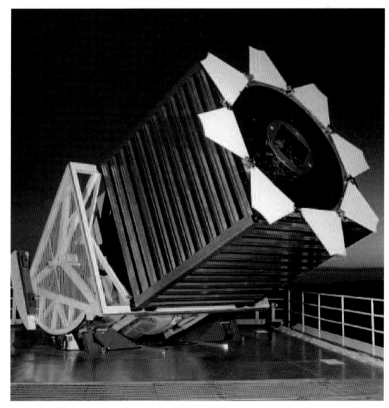

右图　斯隆数字巡天的 2.5 米反射望远镜。图片来源：斯隆数字巡天。

500000 张照片

    用全球天文数字化巡天项目望远镜获得的银河系的广角视图。这张照片是 4 年内获得的 500000 张照片的组合结果，每张照片的曝光时间为 45 秒。银河系的奇怪形状是由于图像中显示了大约四分之三的天球，但投影在平面上，如果以全分辨率打印，这张图像的宽度约为 2400 米！图片来源：丹尼·法罗，全球天文数字化巡天项目科学联盟和马克斯·普朗克地外物理研究所。

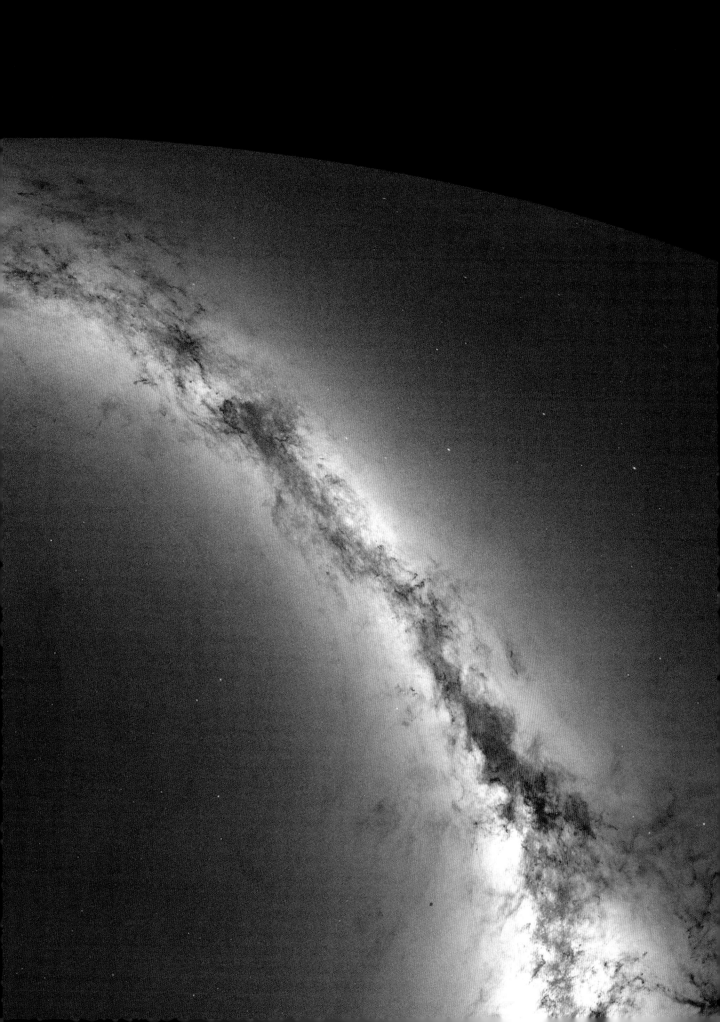

拓展阅读
每晚 1000 颗超新星

2019 年以天体物理学家维拉·鲁宾命名的大口径全天巡视望远镜 (Large Synopric Survey Telescope，简称为 LSST) 是近期最雄心勃勃的项目之一。该望远镜安装在智利帕翁山海拔约 2650 米的地方，直径为 8.4 米，将配备一个 32 亿像素的 CCD 相机，这是迄今为止建造的最大的相机。由于其大视野，视场直径约 3.5 度，LSST 每晚将产生约 30TB 的数据。除了研究数千个星系外，该设备还将自动搜索探测整个天空中的数百万个瞬变现象。根据《自然》杂志的报道，在前 5 年的观测中，LSST 将能够发现 3 万到 400 万颗超新星，或说平均每晚发现 1000 颗。观测数据将从智利实时传输到美国，并由位于伊利诺伊州厄巴纳的国家超级计算应用中心 (National Center for Supercompuning Applications，简称为 NCSA) 的计算机自动分析。LSST 于 2001 年提出，在 2022 年年底首次投入使用（开始观测）。

右图　可以看到主镜的 LSST 艺术形象。
图片来源: Todd Mason, Mason Productions Inc./LSST Corporation。

续收集更准确的测量结果和大约 40 TB 的总数据，至少是 POSS-II 数字化数据的 10 倍。如果我们展望未来，我们预计来自调查设备的数据将会有更大的增长，其中许多设备已被开发用于监测天空以对瞬变现象进行自动实时研究，正如我们所见，这是一个快速发展的领域——现代天体物理学。

最雄心勃勃的项目之一是泛星计划望远镜 (Pan-STARRS)，它由两个 1.8 米反射望远镜组成，安装在夏威夷群岛毛伊岛的哈雷阿卡拉天文台。每台仪器都配备了一个 15 亿像素的超级 CCD 相机，这是一个令人难以置信的数字。据估计，该项目每晚将产生大约 10 TB 的数据，因此估计在其运行期间将产生大约 40 PB 的数据，相当于大约 40000 TB。这个数字将在不久的将来被更雄心勃勃的仪器——大口径全天巡视望远镜 (LSST) 进一步超越，估计每晚能够观察到 1000 颗超新星，这个数字必然需要自动数据系统分析。

如果我们进入射电天文学领域，这个数字会增加得更多。到目前为止，美国的绿湾射电望远镜已经产生了大约 20 PB 的数据，如果我们展望不久的将来，我们期待另一个飞跃，这要归功于平方千米阵列 (SKA) 项目，这是一个由数千个网

格（望远镜天线）组成的网络能够在几 MHz 到十 GHz 之间进行观测。将在澳大利亚和南非的多个中心建造的 SKA 会产生大量数据。我们谈论的是每秒 1 TB，这是无法手动分析的数量。为此，天文台将配备自动还原分析系统。

根据安娜·斯凯芙于 2020 年在英国《皇家学会哲学汇刊》中发表的新估计，每台 SKA 望远镜每年将产生 300 PB 数据，总计约 8.5 艾字节（1 艾字节，即 1 EB，等于 1024 PB ）。

这些数据量让你头晕目眩，自然无法在合理的时间内由任何人手动分析。因此，科学家们决定向计算机和当今存在的最复杂的计算系统寻求帮助。

来自计算机的帮助

与许多其他科学研究领域一样，天体物理学自然受益于计算机的帮助，以解决各种研究所需的复杂计算，从宇宙学模拟到分析望远镜收集的数据。越来越强大的超级计算机已安装在世界各地的研究中心，以帮助科学家完成分析和解释数据的复杂任务。

计算机科学领域发展最快的领域之一当然是人工智能，这是近年来经历了前所未有的扩张阶段的信息技术的一个分支。人工智能现在是许多软件和应用程序的基础，从管理电子商务商品网站的软件和应用程序到语音识别系统，再到车辆控制和自动驾驶程序。几年来，天文学家也开始利用这种工具来解决与大数据世界相关的日益复杂的计算，日复一日地在天文学世界中寻找人工智能的新应用。

当我们谈论人工智能时，我们指的是一门极其广泛和多样的学科，它涉及开发能够复制（尽管是以更基本的方式）人类智能功能的程序。更具体地说，在这种情况下，我们可以参考机器学习程序，即能够学习的真实软件，例如，分析数据样本的最佳方法。

特别是，在最有前途的方法类型中，肯定有自 20 世纪 40 年代以来开发的人工神经网络，其旨在以简化的方式再现生物神经元的功能。

当然，这些程序不能独立工作，而必须由科学家编写，以便使之适用于非常具体的任务，例如分析天文图像或搜索一系列光变曲线中的瞬变现象。此外，为了有效地工作，这些算法必须拥有大量可用数据，以便能够掌握每一个"细微差别"，并了解在分析中需要牢记的最重要方面是什么。从这个意义上

上图 安装在加利福尼亚州山景城的美国国家航空航天局艾姆斯研究中心的 Pleiades 超级计算机。它的名字来源于金牛座著名的昴宿疏散星团。总体而言，它包含 241324 个 CPU 和 927 TB 的内存。它是世界上功能最强大的 50 台计算机之一。图片来源：美国国家航空航天局艾姆斯研究中心的 Marco Librero。

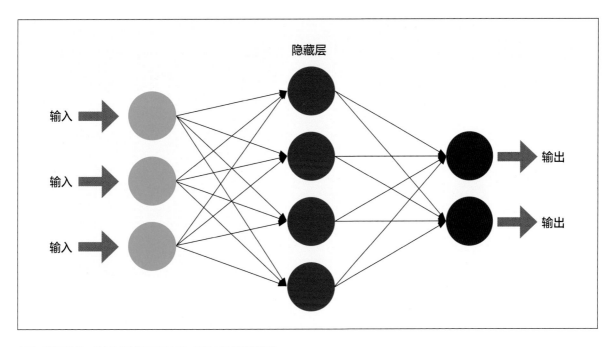

隐藏层

输入

输入

输入

输出

输出

上图　神经网络图，其中单个神经元相互交互，再现人类神经元的行为。

说，我们经常听到的数据挖掘，即数据抽取，指的是能够从某个系列的数据中抽取出尽可能多的信息的程序。

人工智能如何帮助研究天空？有几个应用实例。2017年，帕萨迪纳加州理工学院的阿希什·马哈巴尔展示了机器学习算法如何帮助自动分类不同类型的变星。此类算法的另一个应用领域与使用神经网络对图像进行自动分析有关。这种方法被广泛用于观测分析，例如根据其形态自动对星系进行识别与分类。有时，除了完成它们的工作之外，这些算法还设法超越预期，发现一些意想不到的东西。这发生在2020年，由东京大学的小岛隆（青年）协调的一个团队为人工智能"提供"了一系列由安装在夏威夷的直径为8.2米的斯巴鲁望远镜观测到的星系图像。通过筛选星系，该算法确定了一个氧含量非常低的星系，这一特性有助于了解第一代星系的演化。

同样在2020年，由英国华威大学的大卫·阿姆斯特朗领导的一个团队，使用这些算法在开普勒太空望远镜的数据中，发现了50颗太阳系外行星的样本。正如发表在《皇家天文学会月报》上的文章中所讨论的，研究人员使用与已知行星相关的开普勒数据添加了算法，这样就可以在数据中发现新行星。

计算机中的外星人

正如我们所说，为了以最佳状态工作，这些程序需要大量数据。例如，在所谓的"机器学习的监督方法"中，为了学习，程序必须使用研究人员已经分析的数据样本进行"训练"。一个简单的例子是一

上图　暗物质分布的模拟，用于训练神经网络。图片来源：苏黎世联邦理工学院。

系列星系图像，其中每个图像都与一个标签相关联，可以是"旋涡""椭圆"或"不规则"。但是收集大量"标记"数据本身就是一个挑战。因此，科学家们开始向天文学爱好者寻求帮助，他们以简单的方式帮助分析数据。

这只是公众科学的众多例子之一，专业科学家向爱好者寻求帮助来解决不同类型的任务。

这些活动与世界各地业余天文学家一直为天文学研究做出贡献的典型观测活动不同，例如监测天空中的小行星、彗星或超新星，或观察变星亮度的变化。最新一代的公众科学是基于对计算机和计算机工具的大量使用。

一个相当著名的例子是 SETI@home，这是一个诞生于 20 世纪 90 年代末在美国加州大学伯克利分校的项目。其背后的想法是要求志愿者帮助搜索地外文明搜索（Search for Extoateorestoial Intelligence，简称为 SETI）计划收集的数据中的外星信号。为此，只需在你的计算机上安装一个特殊的软件，根据选择的首选项，程序将开始使用 PC 的部分计算能力来执行项目所需的分析。为了不妨碍计算机的正常使用，SETI@home 通常在使用量低的时候开始运行，例如当计算机屏幕保护程序处于活动状态时。这是通过伯克利网络计算开放基础设施（BOINC）实现的，这是一个在伯克利开发的程序，足够灵活，也适用于其他项目。

多年来，SETI@home 已经聚集了数百万参与者，但面临一些后勤和 IT 困难。出于这个原因，2020 年 3 月，项目团队停止向公众科学家发送新数据，宣布项目暂停，在此期间将评估开始新阶段的替代方案。

上图　HSC J1631+4426 星系是有史以来氧含量最低的星系，在斯巴鲁望远镜图像中被人工智能发现。图片来源：日本国立天文台 / 小岛（音译）等人。

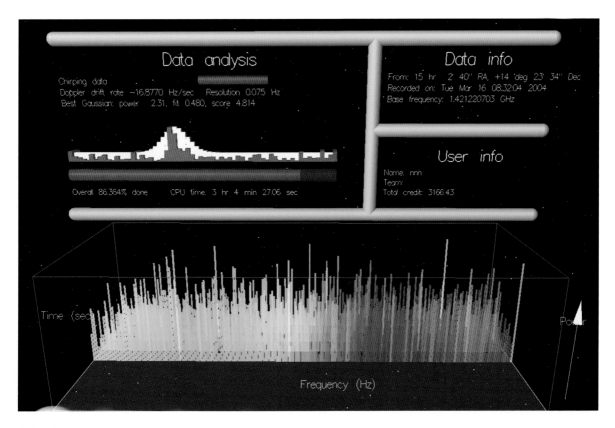

上图　程序 SETI@home 截图。

星系猎人

BOINC 方法当然非常有用，但它相对被动，因为志愿者主要被要求"给予"他们计算机部分计算时间。

在科学界，我们在这里谈论"分布式计算"或"志愿计算"，而不是真正的公众科学。

自 2000 年以来，牛津大学的研究人员提出和开发的 GalaxyZoo（星系动物园）项目实现了一种更加积极和更具参与性的方法。

这个想法源于需要对斯隆数字巡天项目观测到的数十万个星系进行编目，这是一项非常有趣但耗时的任务。因此，研究者开发了一个网站，允许志愿者查看斯隆数字巡天望远镜收集的图像，并确定各种类型的星系的存在。同样，公众科学家的工作使新发现成为可能，由此诞生了数十篇科学论文。

最有趣的发现之一发表在 2019 年的《皇家天文学会月报》上。在这篇文章中，天体物理学家凯伦·马斯特斯展示了 GalaxyZoo 的结果如何显示了埃德温·哈勃在 20 世纪上半叶提出的著名"音叉"模型中的一些空白，该模型根据星系的形态对星系进行分类。与以前认为的不同，公众科学家的贡献表明，星系核球的大小与旋臂的"缠绕"程度并不密切相关，这一观察结果对描述旋臂形成的主要模型提出了质疑。

我们 PC 中的伽马射线脉冲星

脉冲星是伽马射线天空中数量最多的辐射源，但研究者发现它们需要复杂的分析方法和许多计算资源。出于这个原因，2005 年 Einstein@home 诞生了，这是一个公众科学项目，任何人都可以在他们的 PC 上贡献计算时间来发现新的脉冲星。

推广者由汉诺威马克斯·普朗克引力物理研究所领导的一系列研究机构 Einstein@home 通过分析费米卫星的数据，使得发现 23 颗新的伽马射线脉冲星成为可能。

该项目继续产生新的科学成果，涉及世界各地数十万志愿者。这项工作还使得建立一个数据库成为可能，该数据库以后也可用于训练复杂的神经网络，这些神经网络可以提取额外的信息。

像所有成功的项目一样，GalaxyZoo 也见证了一系列重要的"衍生产品"的发展，例如 GalaxyZoo 超新星和 GalaxyZoo Hubble，分别致力于在帕洛玛瞬变源工厂的自动观测中寻找超新星和对哈勃太空望远镜数据中的星系（进行分类）。

2013 年，射电星系动物园（Radio Galaxy Zoo）也启动了，顾名思义，它让公众参与用射电望远镜观测到的星系的研究。

鉴于公众对 GalaxyZoo 的大量参与，该网络平台已进一步扩展为一个名为 Zooniverse 的新门户网站，该门户网站托管了许多类似于

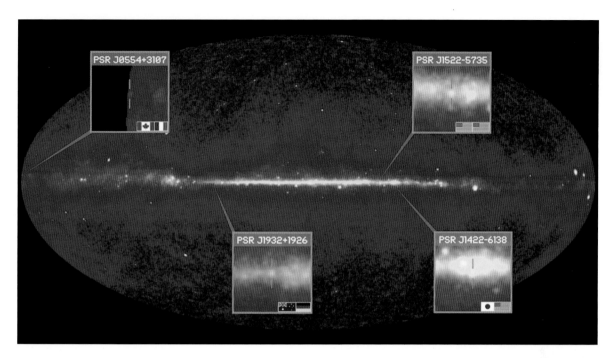

上图 Einstein@home 项目发现的四颗脉冲星。图片来源：克尼斯佩尔 / 佩尔奇 / 马克斯·普朗克重力物理研究所 / 美国国家航空航天局 /DOE/Fermi LAT 合作组织。

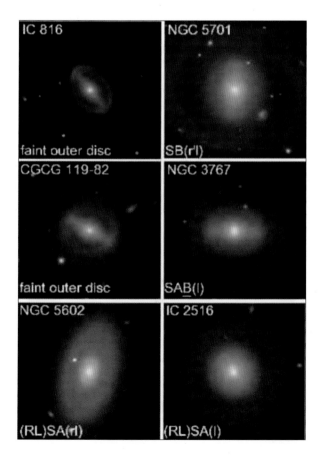

GalaxyZoo 的公众科学项目：许多致力于天体物理学和太空科学研究，例如第四行星，其中志愿者分析火星表面的图像；或射电流星动物园，致力于研究流星产生的无线电回波。其他项目致力于自然科学，并允许在不同的环境中识别和分类天体的图像。浏览 Zooniverse 门户网站，你总能找到新的项目，其中许多项目还包含与天文学非常不同的学科，例如文学和历史。

让我们帮助科学

　　GalaxyZoo 等项目的巨大成功表明，由于新技术，每个人都可以为天文学的发展做出贡

左图 星系动物园项目志愿者分析的星系样本。图片来源：星系动物园。

献。除了使用人工智能技术外，公众科学家的帮助也是一种非常重要的资源，它多次使天文学家能够做出需要其多年工作的发现。由于这些新的"天文信息学"可能性，我们都可以伸出援手，帮助揭示现代天体物理学的奥秘，其中许多奥秘涉及我们宇宙的过去和未来。

第六章

宇宙将会怎样？

从大型自动调查到宇宙微波背景的观测，最新的天文发现表明宇宙正在加速膨胀。研究今天的天空，我们可以想象宇宙在遥远的明天会是什么样子。

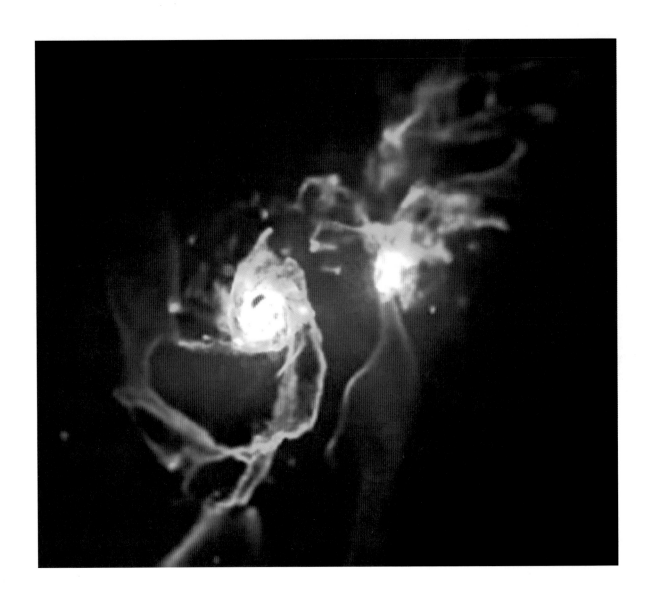

上图 显示银河系和仙女座星系合并的模拟，这将在大约45亿年内发生。图片来源：国际射电天文中心。

我们是有意识的宇宙，而生命是宇宙了解自己的手段。英国物理学家布莱恩－考克斯（Brian Cox）用这句话以一种新颖而富有诗意的方式描述了我们在宇宙中的位置。

的确，研究天文学的奥秘使我们面临一些对我们来说似乎太大，而且完全超出我们技术范围的问题，其中最错综复杂的谜题肯定是暗物质，以及它如何为宇宙的"配方"作出贡献，或者宇宙起源于哪里，以及它是如何从大爆炸中演变出来的。抑或再次提出"宇宙的最终命运将是什么？"这样的问题。很难想象在非常遥远的未来会是什么样子，届时太阳将只不过是黑暗空间中一颗冰冷的矮星，与每天温暖我们的明亮的太阳截然不同。

上页图 大爆炸的艺术描绘。

研究宇宙的演变当然是一项雄心勃勃的任务，同时也是一项非常艰巨的任

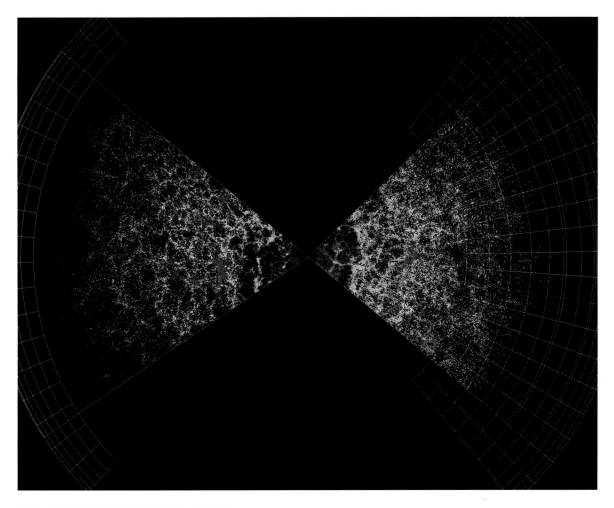

上图　2度视场星系红移巡天观测到的星系图。图片来源：magnum.anu.edu.au。

务，需要了解物理学的几个方面，而这些方面目前在很大程度上仍是未知的。现代天体物理学最有趣的难题之一无疑是对导致大爆炸的机制和紧接着发生的事情的理解。

　　为了将我们的目光推向未来，我们可以依靠我们迄今为止获得的观察和结果来推断。例如，我们知道，在大约 50 亿年后，太阳会变为红巨星，我们将不得不再等 50 亿年才能看到银河系与仙女座星系的碰撞。但是，那样的话，会发生什么？在这个离我们如此遥远的未来，宇宙会是什么样子？为了验证猜测，我们可以从我们所知道的关于它的现在和过去的情况出发，逐渐地重建它不可思议的历史。

筛查星系

　　为了重建宇宙的过去，有必要对填充在宇宙中的最遥远的天体进行观测，这是天文学家通过越来越精确的勘测活动，即对大面积天空的研究来完成的一项任务。正如我们在前一章中所看到的，今天的技

上图　詹姆斯韦布太空望远镜观测到的星系场模拟。图片来源：JWST / 美国国家航空航天局 / 欧洲航天局。

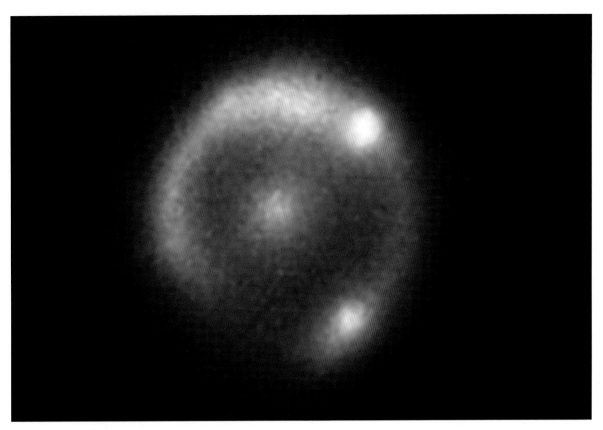

上图　2017 年，哈勃太空望远镜拍摄了 40 亿光年外超新星 iPTF16geu，通过引力透镜的存在可见。在这张照片中，是夏威夷凯克天文台的 10 米望远镜之一拍摄的超新星。图片来源：欧洲航天局 / 哈勃，WM 凯克天文台。

术使我们有可能以自动化的方式观测和分析天空，产生越来越完整的恒星和遥远的星系目录。除了斯隆数字巡天，另一个非常重要的项目是 2 度视场星系红移巡天（2dF），这是在 1997—2002 年用澳大利亚赛丁泉天文台的 3.9 米反射镜进行的观测活动。该项目的目的是"深入"绘制位于 25 亿光年之外的星系样本，以显示大尺度宇宙结构在数亿光年的距离尺度上是什么样子。

地球上和太空中的其他仪器已经开展了全面的项目，对越来越远的星系收集图像和数据。而詹姆斯 – 韦布太空望远镜，注定要成为哈勃太空望远镜的继任者，在 2021 年底发射，有可能观察到非常遥远的星系的光线发射，这些光线应该不是集中于可见光，而是集中于红外光。事实上我们知道，作为宇宙膨胀的结果，它们发出的光的波长向红端偏移（这就是红移现象）。

此外，适用于天体物理学最重要的原则之一是，一个天体来源越遥远，我们就越能看到它过去的样子。天文学家们希望将他们的目光越推越远，在类星体和形成中的星系之间，瞥见照亮宇宙的第一缕光。

但仅仅观察遥远的物体是不够的。为了研究宇宙演化，重要的是要知道它们离我们有多远，为了做到这一点，天文学家使用了一整套被称为"标准烛光"的天体类别。

双重超新星

    在同一个星系中同时观察到两个超新星的机会有多大？确实非常少。但是它发生在 NGC 2770 星系中，位于离我们约 8000 万光年的天猫座。第一张照片拍摄于 2008 年 1 月 6 日，显示了 2007 年底发现的超新星 SN 2007UY（位于星系中心）。在六天后拍摄的照片中，还可以看到一颗新的超新星，即 SN 2008D（右上角，几乎在圆盘的边缘）。在一个月后拍摄的第三张照片中，我们看到两个超新星在一起，一个较暗，另一个已经变得很亮。图片来源：欧洲南方天文台。

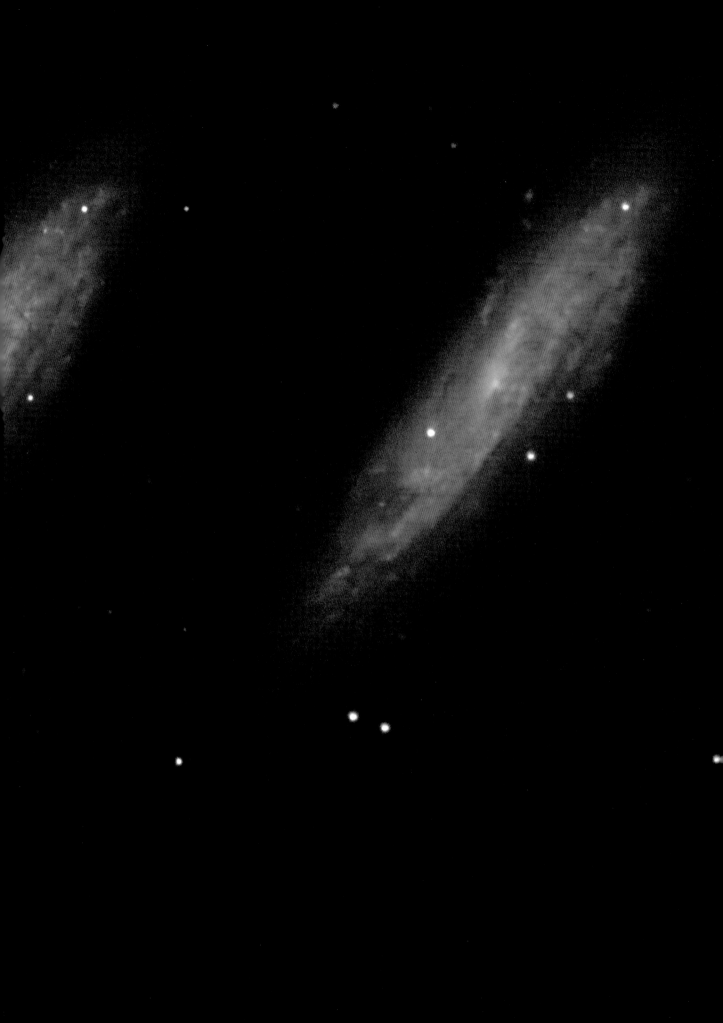

极高光度 X 射线源

　　由爱因斯坦太空望远镜在 20 世纪 80 年代发现的这些源，其亮度介于恒星和活动星系核之间。我们知道它们存在于几种类型的星系中，尽管到目前为止还没有在银河系中发现它们。虽然有大量关于这些源的数据，它们的性质仍然是一个谜，仅在这方面存在一些理论模型。根据其中一个最可能的模型，这些源的发射将与中等大小的黑洞上的物质增殖有关，其介于典型的恒星黑洞的几十个太阳质量和数百万太阳质量之间，后者是许多星系中心发现的超大质量黑洞的特征，并为活动星系核提供能量。华沙天文中心的萨马雷什·蒙达尔协调的团队在 2020 年用钱德拉和 XMM- 牛顿研究了星系 M83 中的 X- 射线源，就是这种情况。正如《天文学与天体物理学》中所讨论的，对其光谱和亮度变化的研究表明存在一个中等质量的黑洞。

上图　星系 M83，极高光度 X 射线源可见。图片来源：欧洲南方天文台 /VLT/ 美国国家航空航天局 /CXC/ 科廷大学 /R. 索里亚等人 / 空间望远镜研究所 / 米德尔伯里学院 F. 温克勒等。

宇宙背景探测器(1989)　　　威尔金森微波各向异性探测器 (2001)　　　普朗克宇宙辐射探测器(2009)

上图　宇宙背景探测器、威尔金森微波各向异性探测器和普朗克宇宙辐射探测器观测到的宇宙微波背景辐射的细节。可见的细节在一系列任务中令人难以置信地增加。图片来源：美国国家航空航天局 / 加州理工学院喷气推进实验室 / 欧洲航天局。

它们可以是，例如，变星、超新星或整个星系；它们的共同点是，属于同一类别的天体发出相同的光亮，因此具有相同的绝对亮度（光度），这可以从它们的光变或光谱中推断出来。就像蜡烛一样，天体越是遥远，在我们看来就越是暗淡。通过比较绝对亮度和视亮度，即从地球上可观察到的亮度，我们可以确定该天体的距离。而有时，由于引力透镜的作用，有可能看到极其遥远的超新星，而正常情况下则不可见。

天文学家的目标之一始终是寻找可以作为标准烛光的新型天体。近年来，人们因此提出了新的可能性，例如伽马射线暴。

此外，宇宙中还有许多类真正有趣的源，它们在很远的地方就可以被看到，而且还有一部分是神秘的，比如极高光度 X 射线源，我们有一天可能会把它们作为标准的"烛光"。

通过研究越来越远的源，我们希望有一天能够观察到第一代恒星的光芒，并对原始宇宙结构的形成有更深的了解。但要想更进一步，我们必须借助于新的观测和理论工具。

例如，我们可以研究到达我们星球的高能粒子的成分，即所谓的宇宙射线，并将其化学成分与基于大爆炸的核合成模型所预测的成分进行比较。我们还可以利用粒子加速器，如大型强子对撞机，即安装在日内瓦欧洲核子研究中心的直径为 27 千米的圆形加速器，进一步追溯。大型强子对撞机能够以大约 7TeV 的能量对撞质子，这对亚原子世界来说是一个令人印象深刻的数字，相当于可见光能量的 7 万亿

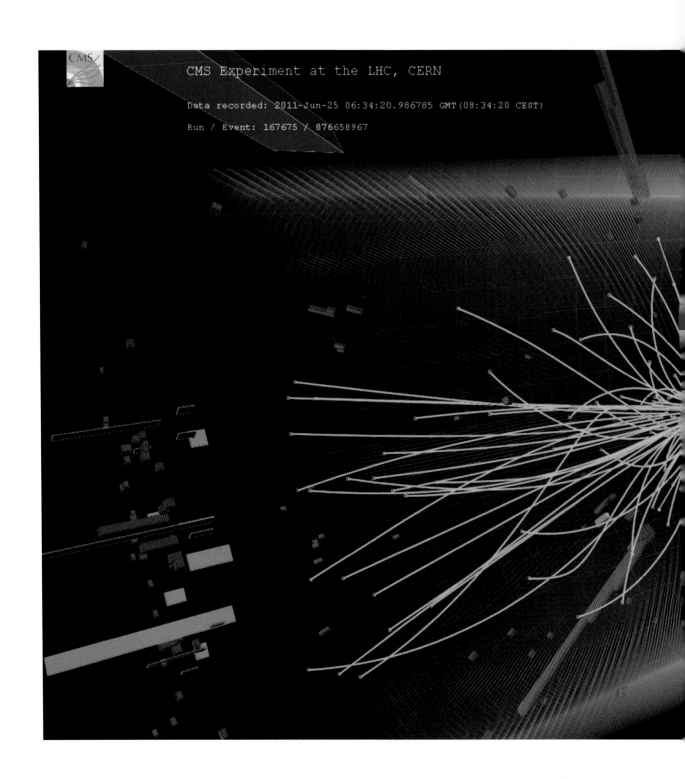

CMS Experiment at the LHC, CERN

Data recorded: 2011-Jun-25 06:34:20.986785 GMT(08:34:20 CEST)

Run / Event: 167675 / 876658967

倍。在粒子之间的碰撞中，可以研究粒子本身的物理学和它们的相互作用。在某种程度上，就好像在一个非常短暂的时刻，我们可以重现宇宙历史初期的温度和能量密度条件，尽管是部分的。通过这种方式，我们已经了解到，物质是由两大粒子家族组成的：轻子和夸克。夸克可以相互结合并产生更复杂的粒子，如构成原子核的质子和中子。

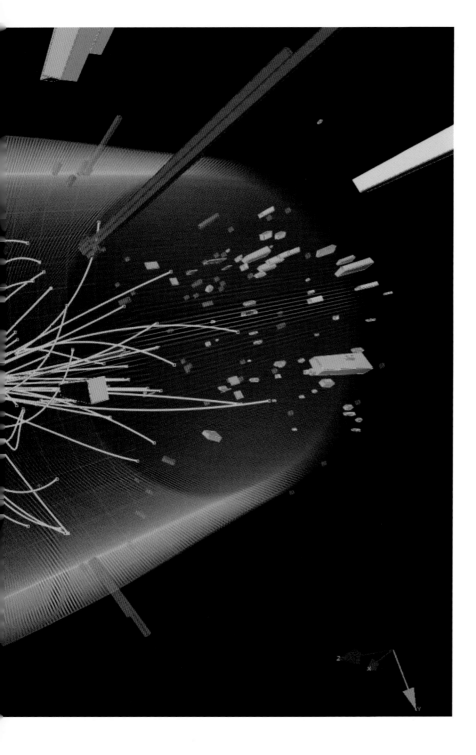

通过将粒子物理学和大爆炸模型放在一起，我们可以"看到"很久之前的情况。问题是：如果我们有令人难以置信的强大的望远镜，我们能否看到足够远的地方，以观察到一个发光的宇宙，在其中形成第一个夸克？不幸的是，这是不可能的，因为我们的目光在某一点上遇到了一堵我们无法进入的"墙"：宇宙背景辐射。

眺望迷雾之外

如果我们追踪早期宇宙的历史，我们会在大爆炸发生后大约 38 万年遇到宇宙背景辐射。当时，温度已降至 3000℃ 以下，辐射的能量已不足以使在场的物质原子电离。因此，宇宙正在经历其演变过程中的一个基本阶段，其中辐射与物质分离：我们可以把这一事件想象成一个巨大的闪光，其光芒至今仍在宇宙中传播。当然，由于红移现象的存在，这种辐射现在集中在微波中，我们只能用特殊的仪器来探测它。在过去的几十年里，专门研究这种辐射的任务已经被送入轨道，从美国国家航空航天局 1989 年发射的宇宙背景探测器，到美国国家航空航天局 2001 年发射的威尔金森微波各向异性探测器，再到于 2009 年送入轨道的欧洲普朗克卫星。每颗卫星都成功地以越来越高的分辨率观测到了宇宙背景辐射，揭示了微小的不均匀性或各向异性，表明了宇宙中第一代结构是由密度扰动产生的。

这种"化石"辐射，通常被描述为大爆炸的回声，代表了我们从传统观察方法中可以获得的知识的一个极限。在辐射和物质退耦之前，光子（即光的"包"）不能在空间传播，因为它们不断被物质吸收和再发射。因此，那道"古老的光"没有希望在宇宙中自由穿行，并在某一天遇到我们的一个仪器。这种可能性只有在退耦之后才会出现，在退耦过程中产生了宇宙背景辐射。

如果我们不能用传统的望远镜观察背景辐射之外的东西，也许引力波可以帮助我们。根据理论模型，事实上，大爆炸发生后约 10^{-36} 秒，宇宙经历了一个被称为暴胀的指数膨胀阶段，其特点是激烈的密度扰动，这将产生引力波的发射。因此，这些原初引力波可以为我们带来宇宙在膨胀期间的样子的证

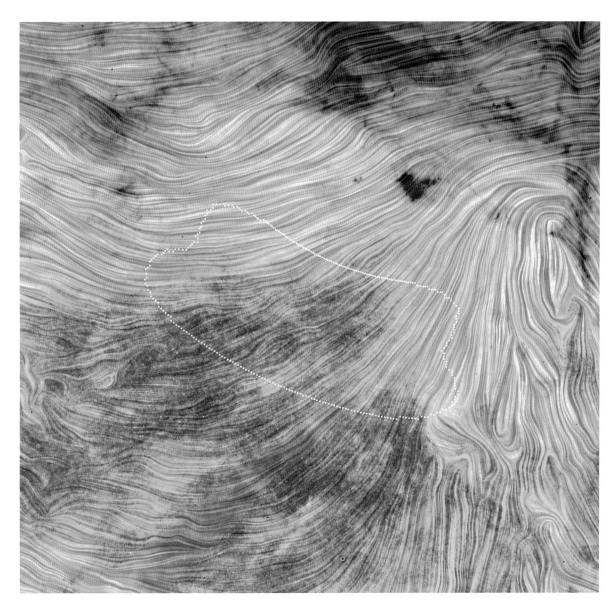

上图 BICEP2 实验观测到的天空区域的普朗克卫星图像（由虚线区域表示）。这些线根据普朗克测量指示银河系磁场的方向。图片来源：欧洲航天局／普朗克宇宙微波项目。

致谢：米维勒·德尚，法国国家科学研究中心－空间天体物理学研究所，巴黎第十一大学，奥赛，法国。

据，这就是为什么它们的研究被认为是现代宇宙学中最有趣的研究之一。

以目前的技术，我们是否有希望探测到原始的引力波？根据研究人员的说法，答案是肯定的，尽管像 LIGO 和 Virgo 这样的探测器非常困难，因为它们对比原初引力波的预期频率高得多的频率敏感。但是，宇宙背景辐射再一次以一种意想不到的方式来帮助我们。

根据各种理论模型，事实上，原初引力波会与今天仍然可以识别的背景辐射发生相互作用。特别是通过研究这种辐射的偏振，将有可能确定引力波留下的"印记"。

南极的望远镜

　　BICEP2 实验（右）和南极望远镜（左），安装在南极的美国阿蒙森 - 斯科特基地。这两台仪器都能观测到微波区的宇宙背景辐射以及毫米和亚毫米的无线电波。2014 年，BICEP2 团队宣布在化石辐射中发现了原初引力波的痕迹，但这一结果又被随后的观测结果所否定。该实验已经由一个更先进的仪器——BICEP 阵列——进行了升级。图片来源：Amble（CC BY-SA 3.0）。

　　2020 年夏天，项目研究人员完成了构成 BICEP 阵列的四台望远镜的安装，该望远镜与其前身一样，从美国阿蒙森 - 斯科特基地附近的南极观测。

这个问题开始变得复杂，所以让我们总结一下：由于我们无法直接观测到原初引力波，我们通过用望远镜观测宇宙背景辐射来寻找它们的痕迹，这是我们有望在宇宙历史中捕获的第一道"光"。例如，2014年3月，BICEP2实验团队在一次新闻发布会上宣布，他们观测到了那些遥远的宇宙"脚印"。安装在南极的BICEP2，是专门为研究宇宙背景辐射的偏振而开发的。但随后的分析显示，不幸的是，BICEP2宣布的结果是一个海市蜃楼。他们观察到的极化效应事实上不是原初引力波导致，而是宇宙背景辐射通过宇宙尘埃的传播导致，这一结果也被欧洲普朗克卫星进行的独立分析所证实。

然而，寻找原初引力波的工作仍在继续。BICEP2使用的方法得到了扩展，使用了一个类似的探测器网络。

暗能量之谜

如果回顾过去是一个巨大的挑战，那么展望未来以了解宇宙将如何演变同样具有挑战性。正如我们已经提到的，宇宙正在膨胀，仅仅二十多年，我们就知道这种膨胀正在加速进行，尽管我们并不真正知道这种奇怪行为的起源是什么。因此，科学家称"暗能量"为导致这种加速的神秘能量。但由于它的发现都是最近的，目前我们还没有对它的性质有一个明确的解释。暗能量的发现可以追溯到1998年，这是两个独立研究小组所做的工作：由澳大利亚人布莱恩·施密特和美国人亚当·里斯协调的高红移超新星搜索小组，以及由美国伯克利大学的萨尔·波尔马特领导的超新星宇宙学项目。

上图　发现暗能量的三位科学家。左一：布莱恩·施密特，图片来源：马库斯·波塞尔（CC BY-SA 3.0）；左二：亚当·里斯，图片来源：霍尔格·莫茨考（CC BY-SA 3.0）；左三：萨尔·波尔马特，图片来源：霍尔格·莫茨考（CC BY-SA 3.0）。

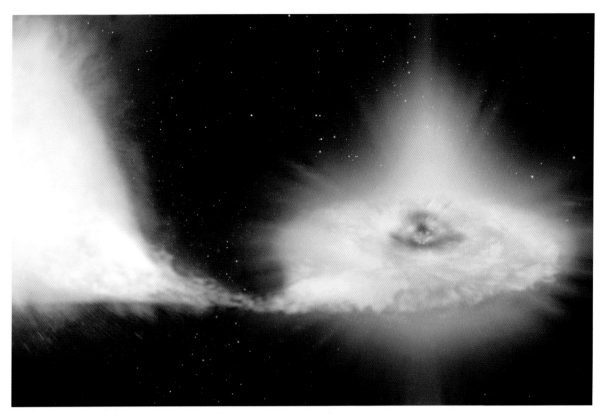

上图 艺术家绘制的 Ia 型超新星。这些超新星是在由矮星组成的双星系统中产生的。白色，来自普通恒星。白矮星从伴星中"窃取"（吸积）物质，直到质量的临界值，超过该临界值，它就会爆炸。

图片来源：欧洲航天局 /ATG medialab/C. 卡罗。

透镜下的引力波

引力透镜效应使来自遥远星系的光线偏转，是宇宙学非常有用的工具。还因为，除了光，引力波也会受到透镜效应的影响。《物理评论快报》上的一项 2020 年研究表明，引力波可以因星系团的存在而偏转，使这种波的来源看起来比实际更近，类似于光发生的情况。然而，伯明翰大学（英国）进行的研究表明对于目前的引力波探测器来说，这种影响可能太弱了。

除了两组科学家之外，这一发现的绝对主角是超新星。这些巨大的爆炸实际上是强大的光源，可以在很远的距离看到，因此天文学家用它来探测太空中最偏远的区域。特别是，所谓的 Ia 型超新星很适合此目的，因为它们被认为是非常好的标准烛光。与单个高质量恒星（II 型超新星）坍缩有关的超新星不同，Ia 型超新星是由白矮星围绕正常恒星形成的双星系统演化的结果。当后者到达主序后演化阶段时，红色矮星（红巨星）开始膨胀，其外层被白矮星的引力捕获，白矮星开始"生长"。当白矮星的质量超过某个值时，被称为钱德拉塞卡极限，恒星会经历一个不稳定阶段，以引力坍缩结束，从而产生超新星。

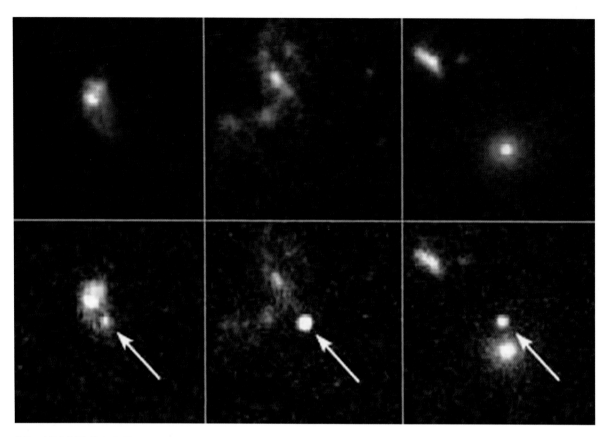

上图 哈勃太空望远镜观测到的最遥远的三颗超新星。在上图中，为其出现前所在宿主星系的样子。在下方三张子图中，超新星"爆发"。图片来源：美国国家航空航天局／欧洲航天局 和 A. 瑞斯（空间望远镜研究所）。

根据超新星在爆炸后如何演变，可以得出其绝对亮度，然后将这些物体用作标准烛光。一个令人惊异的发现，使施密特、里斯和波尔马特于 2011 年前往斯德哥尔摩领取诺贝尔物理学奖。

但是这些超新星能教给我们关于宇宙膨胀的什么呢？通过测量遥远天体源的红移，并将其与它们的距离进行比较，可以估计宇宙的膨胀速率。在观测 Ia 型超新星时，两个研究小组意识到它们没有预期的那么亮，这意味着它们的距离比基于红移测量的预期要远。

这一结果提供了第一个明确的证据，证明宇宙不是以恒定的速度膨胀，而是在加速。除了 Ia 型超新星之外，还可以通过观测宇宙微波背景来确定暗能量的存在。它的研究还允许非常准确地测量决定宇宙膨胀及其物质和能量含量的宇宙学参数。除了宇宙膨胀之外，"测量"宇宙的另一个非常重要的参数是哈勃常数，通常用 H0 表示（读作"acca zero"）。它于 1929 年由埃德温·哈勃首次引入，现在被用于哈勃－勒梅特定律之中。从那时起，积累了许多观测结果，使得越来越精确地确定这个与当前宇宙年龄密切相关的常数成为可能。然而，近年来，即使是哈勃常数的测量也不像以前想象得那么容易。

宇宙争议

从历史上看,哈勃常数是从星系的距离及其红移得出的,红移是星系退行速率的量度:哈勃－勒梅特定律表明,退行速度和距离是成正比的。

几个观测项目基于这种方法:其中包括 SHOES(超新星,HO,用于暗能量状态方程),通过观测星系内部的 Ia 型超新星来测量星系的距离。2020 年底,SHOES 科学家发表了一项新结果,该结果还利用了盖亚天体测量卫星的新测量结果,报告 H0 的值约为 73 km / s / Mpc(千米每秒每兆秒差

拓展阅读
宇宙的六个数字

暗物质和暗能量的宇宙学模型,称为 Lambda-CDM,代表了当前宇宙学观测的最佳描述。Lambda 代表暗能量,而 CDM 代表冷暗物质。该模型基于许多参数,称为宇宙学参数。其中,有六个是独立的,即不能通过理论预测而必须从观测中推导出来。其中我们认识到了重子物质的密度、总物质(重子和暗物质)的密度以及与哈勃常数相关的宇宙年龄。其他参数可以从宇宙微波背景辐射的观测开始测量。根据 2018 年发布的任务数据的最终版本,我们认识到了普朗克卫星团队在 2020 年发表在《天文学与天体物理学》上的最新宇宙学参数测量结果。普朗克测量结果证实了暗能量的存在,占宇宙中所有物质和能量的 68.3%,而暗物质占 25.5%。剩下的 6.2% 由重子物质组成,这是我们唯一可见的物质。

上图 暗能量的幻想表示,宇宙中最丰富的成分。图片来源:SKA 组织 / 斯威本天文制作。

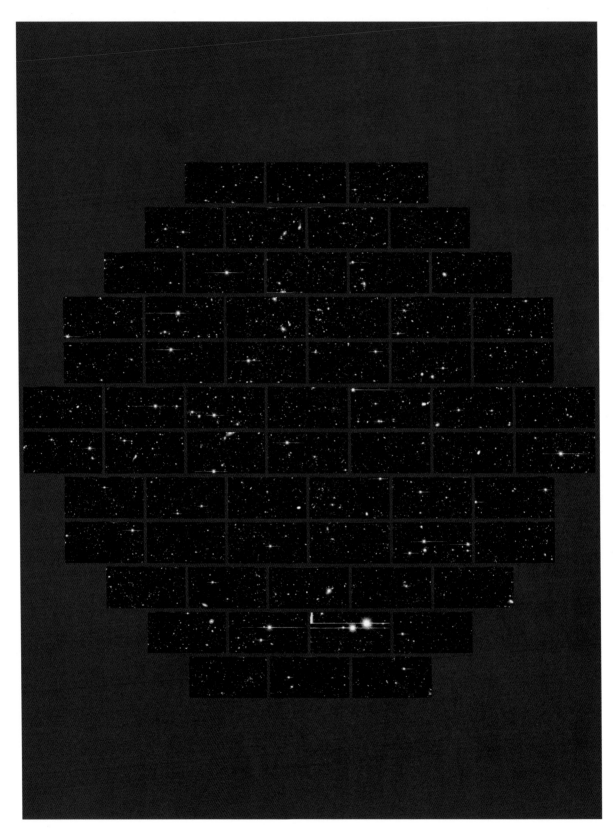

上图 由暗能量巡天的暗能量相机拍摄的天空。图片来源：费米实验室。

距），与之前获得的值一致。

确定哈勃常数的另一种方法是基于对宇宙微波背景的测量，普朗克合作组织在 2015 年发布的最新结果表明，该值约为 68 km / s / Mpc，与基于超新星的观测发现不一致。

哈勃常数值中的这种差异（也称为宇宙学"争议"）从何而来？是数据收集的不确定性还是更深层次的东西，能够破坏现代宇宙学？我们还没有答案，但越来越准确的观察似乎证实了紧张局势。2020 年用阿塔卡玛大型毫米波阵列（阿塔卡玛大型毫米波天线阵）收集的背景辐射的新数据似乎证实了普朗克数据，并未消除反倒是加剧了其与超新星测量相比的差异。

解决宇宙学争议的途径可能来自引力波。从两个黑洞或两颗中子星碰撞产生的引力信号中，实际上可以追踪源的距离；这允许引力波用作"标准警报器"，类似于标准烛光。如果引力波源也发出光辐射，因此可以识别起源星系并测量其红移，我们可以将这两个观测结合起来，以获得类似于标准烛光获得的哈勃常数的测量值，但完全独立。通过这种方式，来自 LIGO 和 Virgo 合作的科学家在 2017 年通过观察 GW170817 事件中两颗中子星的合并获得了 H0 的测量结果。获得的值介于超新星和宇宙微波背景获得的值之间。

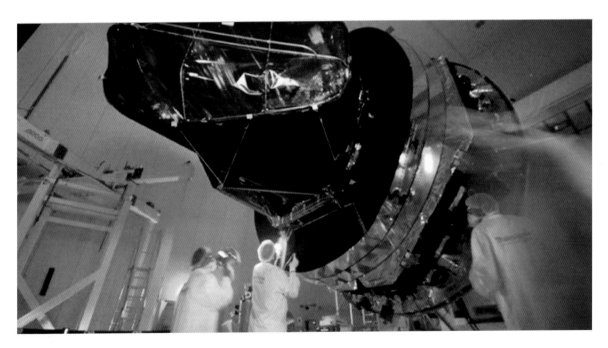

上图 2009 年 5 月发射前实验室中的普朗克卫星。图片来源：欧洲航天局。

但是，通过积累新的观测结果，也许可以减少测量的不确定性，从而通过引力波为解决宇宙学争议问题做出贡献。此外还提出了不基于电磁对应体的观察的方法，因此也适用于两个黑洞之间并合的情况，其中预测不会产生电磁辐射。根据武汉大学（中国）的尤志强最近领导的一项研究，在用下一代引力波探测器观测黑洞的一年中，将有可能以 1% 的精度测量哈勃常数，这一结果无疑非常有希望。

明天的哨兵

为了尝试想象宇宙的未来，还需要对暗能量的贡献进行极其精确的测量，许多项目都致力于此。其中最重要的是欧洲欧几里得卫星，其发射计划于 2023 年 7 月进行。它是由欧洲航天局研发的，是一种太空望远镜，能够在可见光和红外线中观察约 35% 的天球，并且能够对距离我们约 100 亿光年的星系进行光谱测量，以便用非常高的精度确定红移。此外，通过利用引力透镜现象，欧几里得将能够绘制暗物质的分布图。通过研究星系团中物质的分布，卫星还将能够研究"重子声学振荡"，即在宇宙诞生的初始阶段由声波传播引起的物质密度扰动。

多亏了欧几里得和其他类似项目的信息，如暗能量巡天，将有可能提供新的观测"成分"，这些"成分"对于理解暗能量的本质至关重要，从而试图想象我们遥远的未来会发生什么。如果物质实际上在宇宙的早期阶段就主导了宇宙的膨胀，那么数十亿年来，暗能量占据了最大的份额。我们可能不会看到趋势的逆转，在这种趋势中，引力将回归，通过在大挤压中坍缩整个宇宙来赢得膨胀，就像多年前所相信的那样。

暗能量的存在，其实已经把现代宇宙学的牌打乱了。

不确定性仍然很多，但我们可以想象一个宇宙以越来越快的速度不断膨胀，这将导致恒星和星系在暗能量的压力下永远远离彼此。根据某些情况推测，这种能量的贡献将继续增长，甚至会分解最基本的物质形式，直到每个粒子都被分解成碎片，物理学家称之为"大撕裂"。

然而，世界末日的情景似乎并未得到观察结果的证实。尽管令人欣慰的是，宇宙不会"撕裂"，而是会在暗能量的作用下继续膨胀。几万亿年后，我们仍然会看到新恒星的形成，但是当最后的气体都被消耗掉时，就不会再有恒星诞生，一切都将下降到绝对零度。一种缓慢痛苦的场景，科学家们称之为"冷寂"。或者，用同样令人回味的表达方式，宇宙的冷死亡。

不管你喜不喜欢，观察结果似乎支持这种情况，即使理论和实验的不确定性仍然太大，无法说明在如此遥远的未来宇宙会发生什么。但多亏了天体物理学，我们已经了解了宇宙的许多神秘面貌，我们必须满怀信心地展望未来。正如斯蒂芬·霍金曾经说过的："我们只是在围绕一颗普通恒星运行的小质量行星上进化而来的猿类。但我们可以了解宇宙，这让我们变得非常特别。"

上图　欧洲欧几里得卫星。图片来源：欧洲航天局 /ATG medialab；
美国国家航空航天局、CXC、C. 马、H. 埃布林和 E. 巴雷特等人和
空间望远镜研究所（背景）。

宇宙中的警报器

　　通过研究黑洞或中子星之间的碰撞和随后合并中发出的引力波，可以确定这些现象发生的距离。因此，我们可以以类似于标准烛光的方式将这些灾难性事件用作"标准警报器"，如同造父变星或 la 型超新星。通过这种方式，也可以使用引力信号测量哈勃常数。图片来源：芝加哥大学。

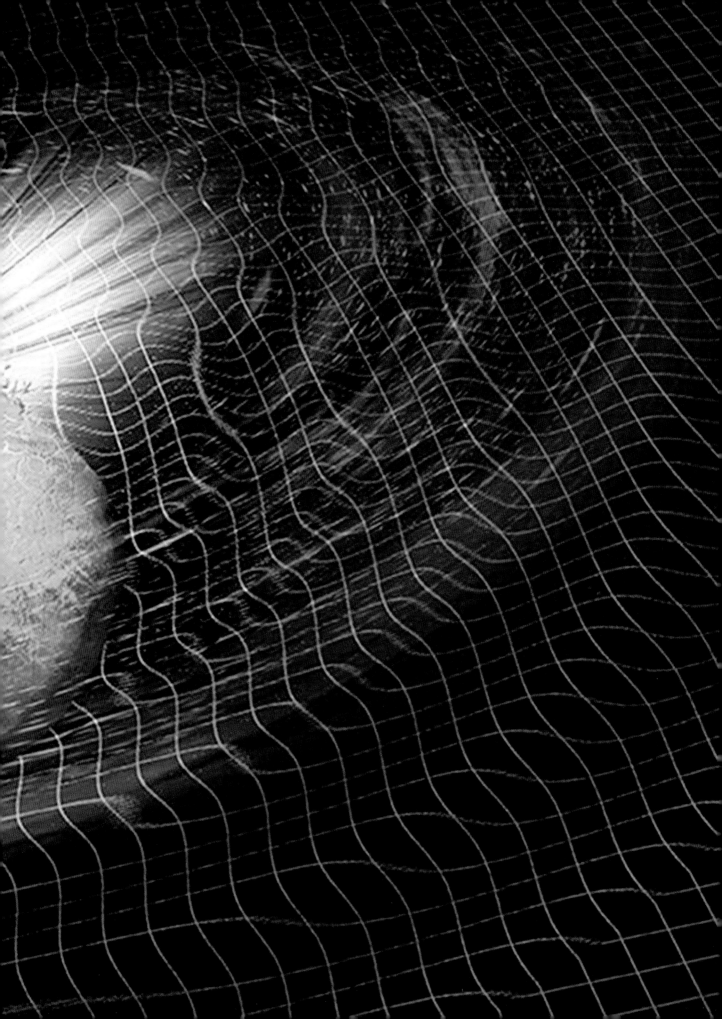

走向地平线

阿米地奥·巴尔比

如果说有一件事在天文学史上不断重复，那就是每次我们发明了一种观察宇宙的新方法，我们都会发现至少一个惊喜。我们总是以某种方式被一种我们无法解释的意想不到的现象抓住。简单地说，每次我们可以更好地观测的时候，就会发现新的事物。例如，当我们开始使用无线电波观测宇宙时，我们看到，在我们的星系中心有一个之前从未见过的事物正在发射大量的无线电波。解释它的起源花费了几十年的时间，但最终我们相信在银河系的中心（以及任何其他大星系中）有一个黑洞。天文学取得的许多其他重大进步，尤其是在 20 世纪，也可以列举出类似的例子。第一次 X 射线观测需要在地球大气层上方发射探测器，这打破了当时天文学家的信念，呈现出一个充满极端物理现象的暴力的宇宙。当伽马射线开始被观测到时，也发生了同样的情况。诸如此类的例子，不胜枚举。

今天，我们刚刚开始使用仪器来探索宇宙的边界。引力波的发现，暂时证实了天体物理学在近几十年中产生的一些预测，例如恒星质量黑洞的存在，以及观测黑洞或中子星之间碰撞的可能性。但不难预想到在不久的将来，引力波天线灵敏度的不断加强，必然会带来令人惊讶的现象，这些现象最初我们可能无法理解，但之后就会变成我们未曾预料的物理现象。

事实上，就技术可能性而言，引力波天文学的发展才刚刚开始。当我们展望未来几十年，并思考未来空间干涉天线的实现时，那时的情景真令人兴奋。如果像许多理论场景所预测的那样，大爆炸产生了一个弥漫的引力波，我们对宇宙的观测可能远远超出目前的视野。目前，我们能探测到的最古老的天体信号源是来自宇宙只有38万年历史的微波辐射。观察引力波也许可以向我们揭示，现在宇宙的模样就是在万物伊始的第一秒钟形成的。这将是我们智识的非凡飞跃。

通过对中微子的观测也产生了类似的观点。几十年来，这些难以捉摸但无处不在的粒子向我们展示了正常电磁辐射观测无法揭示的过程，比如发生在太阳核内的过程。中微子天文学可能会打破一些目前尚待排除的障碍，但这一常规化的道路仍然很长。

说到挑战，我们还必须问问自己，我们利用新工具收集越来越多的数据流究竟可以做些什么。今天，如果没有超级计算机的帮助，要分析如此庞大的信息量是不可想象的。在未来，算法所扮演的角色将越来越强，但问题是我们的理论和解释能力是否能跟上观测的进展。

阿米地奥·巴尔比

天体物理学家，罗马第二大学副教授。研究兴趣广泛，从宇宙学到地外生命探索均有涉猎。出版科学著作逾百部（篇），是国际天文学联合会、基础问题研究所、国际宇航科学院 SETI 常务委员会与意大利天体生物学学会科学委员会等多家机构成员。在科普方面，多年来为意大利《科学》月刊撰写专栏，参与过相关广播和电视节目制作，在包括意大利《共和报》和《邮报》在内的多家报纸和期刊上发表过文章。出版多部书籍，其科普哲理漫画《宇宙连环画》（Codice 出版社，2013 年）被翻译成四种语言。2015 年，凭借作品《寻找奇迹的人》（Rizzoli 出版社，2014 年）获意大利国家科普奖。最近一部作品为《最后的地平线》（UTET 出版社，2019 年）。

作者介绍

詹卢卡·兰齐尼

在少年时参观米兰天文馆后对天文学产生兴趣，毕业于天体物理学专业，论文涉及太阳系外行星。毕业后，他在该天文馆担任了几年的科学负责人。随后，他转行从事科学新闻工作，加入《焦点》月刊的编辑部，现在是该杂志的副主编。他已经出版了十几本普及读物，包括与玛格丽塔·哈克合作的《一切始于恒星》和《令人生畏的恒星》以及最近的《为什么他们说地球是平的》，后者的内容涉及地平说和科学方面的假新闻现象。但他并没有忘记行星的世界。2009 年，他创立了意大利行星协会，自 2012 年起担任该协会主席。

马西米利亚诺·拉扎诺

比萨大学的副教授，研究引力波物理学和高能天体物理学。在比萨大学获得物理学博士学位后，他在欧洲和美国度过了几个时期的学习和研究生活。他是室女（座）引力波天文台（Virgo）和费米伽马射线卫星大视场望远镜 (Fermi-LAT) 合作项目的成员，他的研究兴趣集中在对宇宙中极端的天体的研究上，包括中子星和黑洞。他从小就对天文学充满热情，多年来他一直将研究和教学与密集的交流和科学传播活动相结合。他是科学记者，拥有费拉拉大学的新闻和科学传播硕士学位，多年来一直与包括《科学》和《共和报》在内的各种杂志报纸合作。

出品人：许 永
出版统筹：海 云
责任编辑：王庆芳
　　　　　方楚君
　　　　　杨言妮
责任技编：吴彦斌
　　　　　周星奎
特约编审：单蕾蕾
特邀编辑：邢伊丹
装帧设计：张传营
印制总监：蒋 波
发行总监：田峰峥

发　　行：北京创美汇品图书有限公司
发行热线：010-59799930
投稿信箱：cmsdbj@163.com

官方微博　　微信公众号

小美读书会　　小美读书会
公众号　　　　读者群